secession

Und meine Seele ließ ich zurück

JÉRÔME FERRARI

secession VERLAG FÜR LITERATUR

Und meine Seele ließ ich zurück

JÉRÔME FERRARI

Roman

secession VERLAG FÜR LITERATUR

FÜR JEAN-YVES TEMPLON

Er sagt, dass er selbst bei Mondesschein keine Ruhe finde und dass er ein schmutziges Geschäft betreibe. Das genau sagt er immer wieder, wenn er nicht schläft; und wenn er schläft, dann träumt er immer denselben Traum: er sieht einen Mondweg, auf den er sich begeben möchte, um weiterhin mit dem Arrestanten Ha-Nostri reden zu können, denn – dies genau ist es, was er versichert – er hatte nicht die Zeit gehabt, all das zu sagen, was er zu sagen hatte, an jenem berühmten Tage damals, dem 14. des frühlingshaften Monats Nissan. Aber etwas will, dass es ihm nicht gelingt, den Weg zu erreichen, und niemand kommt auf ihn zu.

MICHAIL BULGAKOW
Der Meister und Margarita

Ich erinnere mich an Sie, mon Capitaine, ich erinnere es sehr genau, und noch immer sehe ich sehr deutlich die Nacht der Verwirrung und Verlassenheit über Ihre Augen brechen, als ich Ihnen mitteilte, dass er sich erhängt hatte. Es war ein kalter Frühlingsmorgen, mon Capitaine, es war vor so langer Zeit, und doch, für einen kurzen Augenblick, habe ich den Greis vor mir gesehen, zu dem Sie schließlich geworden sind. Sie hatten mich gefragt, wie es möglich sein konnte, dass wir einen so bedeutsamen Gefangenen wie Tahar ohne Überwachung hätten allein lassen können, mehrmals hatten Sie wiederholt Wie ist dies möglich?, als hätten Sie zwingend verstehen müssen, welcher unschicklichen Nachlässigkeit wir uns schuldig gemacht hatten – nur, was hätte ich Ihnen schon antworten können? Nun, ich bin ruhig geblieben, ich habe Sie angelächelt und Sie haben schließlich verstanden und ich habe die Nacht über Sie einbrechen sehen, Sie sind hinter Ihrem Schreibtisch zusammengesackt, sämtliche Jahre, die Ihnen zu leben noch bevorstanden damals, flossen mit einem Mal durch Ihre Adern, strömten aus Ihrem Herzen und haben Sie überflutet, und plötzlich war da vor mir ein alter Mann im Todeskampf oder vielleicht ein kleines Kind, eine Waise, vergessen am Rande einer langen Wüstenstraße. Sie haben Ihre Augen auf mich gerichtet, Ihre Augen voller Finsternis, und ich habe den kalten Hauch Ihres ohnmächtigen Hasses gespürt, mon Capitaine, Sie haben mir keine Vorwürfe gemacht, Ihre Lippen verkrampften sich, um den bittren Aufstoß an Worten zu unterdrücken, die auszusprechen verboten war, und Ihr Körper zitterte, weil kein einziger Impuls an Auflehnung, derer so viele ihn ins Wanken brachten, zum Ziel gelangen konnte, Naivität und Hoffnung sind keine Entschuldigung, mon Capitaine, und Sie wussten sehr genau, dass Sie ebenso wenig wie ich freigesprochen werden konnten von seinem Tod. Sie haben die Augen niedergeschlagen und gemurmelt, ich erinnere es sehr genau, Sie haben ihn mir genommen, Andreani, Sie haben ihn mir genommen, mit gebrochener Stimme, und ich schämte mich Ihrer, der Sie nicht einmal mehr die Kraft besaßen, die Obszönität Ihres Kummers zu verhehlen. Als Sie sich wieder gefangen hatten, haben Sie ohne ein Wort zu sagen eine Geste der Hand in meine Richtung gemacht, jene Geste, mit der man gewöhnlich Dienstpersonal oder Hunde hinauskomplimentiert, und Sie wurden unruhig, da ich mir Zeit ließ, mich von Ihnen zu verabschieden, Sie haben gesagt Hauen Sie ab, Lieutenant!, aber ich habe meinen Gruß zu Ende gebracht und sorgfältig eine vorschriftsmäßige Halbrunde ausgeführt, bevor ich hinausgegangen bin, denn es gibt wichtigere Dinge als Ihre Seelenzustände. Ich war glücklich, mich auf der Straße wiedergefunden zu haben, ich gestehe es Ihnen, mon Capitaine, und der widerlichen Darbietung Ihrer Martern und Ihrer von vornherein verlorenen Kämpfe gegen sich selbst zu entkommen. Ich habe die klare Luft eingeatmet und gedacht, dass ich vielleicht dem Generalstab dringend empfehlen müsste, Sie all Ihrer Verantwortung zu entheben, dass das meine Aufgabe war, aber schnell habe ich diese Idee wieder verworfen, mon Capitaine, denn keine andere Tugend existiert als die der Loyalität. Und doch, ich war derart glücklich gewesen, Sie wiedergesehen zu haben, wissen Sie, und ich bewahre die Hoffnung bei mir, dass auch Sie, zumindest für einen Augenblick, darüber glücklich gewesen sein mochten. Wir hatten so viele schwierige Stunden gemeinsam überlebt. Aber niemand weiß, welch geheimes Gesetz die Seelen regiert, und schnell war es offensichtlich geworden, dass Sie sich von mir distanziert hatten und wir einander nicht mehr verstehen konnten. Als ich mich einverstanden erklärt hatte, die Führung dieser Spezialtruppe zu übernehmen, und mich mit meinen Männern in der Villa einquartiert hatte, in Saint-Eugène, da wurden Sie offen feindselig, mon Capitaine, ich erinnere mich sehr genau. Ich konnte es mir nicht erklären und war verletzt, heute kann ich es Ihnen sagen, unsere Missionen unterschieden sich nicht so sehr voneinander, als dass Sie dazu autorisiert gewesen wären, mich derartig Ihren Hass und Ihre Verachtung spüren zu lassen, wir waren Soldaten, mon Capitaine, und es fiel uns nicht zu, zu wählen, auf welche Art Krieg zu führen sei, auch ich hätte ihn gern anders geführt, wissen Sie, ich hätte den Aufruhr und das Blut der Kämpfe der furchtbaren Monotonie dieser Jagd nach Informationen ebenfalls gerne vorgezogen, aber eine solche Wahl wurde uns nicht geboten. Noch heute frage ich mich, aufgrund welch irriger Meinung Sie sich davon haben überzeugen können, dass Ihre Handlungen besser gewesen wären als meine. Auch Sie haben Informationen gesucht und erhalten und es existiert immer nur eine Methode, an diese zu gelangen, mon Capitaine, Sie wissen es sehr genau, eine einzige, und Sie haben diese angewandt, genau wie ich, und die qualvolle Makellosigkeit dieser Methode konnte in keinem einzigen Fall durch Ihre Skrupel kompensiert werden, nicht durch Ihre lächerliche Art und Weise, elegant zu sein, Ihre Bigotterie oder Ihre Gewissensbisse, die Sie doch nur lächerlich machten und mit Ihnen uns alle. Als mir befohlen wurde, Tahar in Ihrer Kommandozentrale von El-Biar zu übernehmen, habe ich einen kurzen Augenblick lang die Hoffnung gehegt, dass die Freude, einen der Anführer der ALN gefangen genommen zu haben, Sie möglicherweise etwas freundschaftlicher hätte werden lassen, aber Sie hatten das Wort nicht an mich gerichtet, Sie haben Tahar aus seiner Zelle kommen lassen und ihm die Ehren erwiesen, man hat ihn mir zugeführt, an einer Reihe französischer Soldaten vorbei, die ihm mit Waffen salutierten, ihm, diesem Terroristen, diesem Hurensohn, auf Ihren Befehl hin, und ich, mon Capitaine, hatte diese Schmach wortlos zu ertragen. Oh, mon Capitaine, wofür eine solche Komödie, und was nur hatten Sie sich erhofft? Etwa die Anerkennung seitens dieses Mannes, in den Sie so sehr vernarrt gewesen waren, dass sie bei der Verkündung seines Todes in sich zusammengesackt sind? Aber wissen Sie was, er hat gar nicht von Ihnen gesprochen, nicht ein Wort, er hat nicht etwa gesagt, dass der Capitaine Degorce ein bewundernswerter Mann sei, nichts dergleichen, und ich bin überzeugt davon, dass Sie niemals, hören Sie, niemals, mon Capitaine, auch nur den geringsten Raum in seinen Gedanken eingenommen haben. Tahar war ein harter Mann, der Ihre Neigung zur Sentimentalität nicht teilte, es tut mir leid, Ihnen dies zu sagen, mon Capitaine, und ganz im Gegensatz zu Ihnen wusste er sehr wohl, dass er zu sterben hatte, ihm schwebte kein ich weiß nicht was für glücklicher Epilog vor Augen, der auch nur annähernd jenen geglichen hätte, von denen Sie ganz sicher träumten in Ihrer Exaltiertheit und albernen Verblendung, albern und ohne jede Entschuldigung, mon Capitaine, Sie konnten nicht ignorieren, was die Villa von Saint-Eugène bedeutete, die niemand je lebend verlassen hatte, denn eine Villa war sie mitnichten, sie war eine offene Pforte über dem Abgrund, eine Spalte, die das Irdische aufriss und einen ins Nichts kippen ließ – ich habe so viele Männer sterben sehen, mon Capitaine, und sie wussten alle, dass niemand sie je wiedersehen würde, dass niemand ihre Stirn küssen und dabei die Schahāda rezitieren würde, dass keine einzige liebende Hand pietätvoll ihre Körper weder waschen noch segnen würde, bevor man sie der Erde anvertraute, sie hatten niemanden bis auf mich, und ich war ihnen in diesem einen Moment näher, als es ihre eigene Mutter je gewesen, ja, ich war ihre Mutter und ihr Führer und ich führte sie in die Limbi des Vergessens, an die Ufer eines namenlosen Flusses, in eine so absolute Stille, dass Gebete und Heilsversprechungen sie nicht zerstören konnten. In einem gewissen Sinne hatte Tahar Glück, dass Sie ihn der Presse vorgeführt hatten, wir mussten seinen Leichnam zurückgeben, aber wäre es an mir gewesen, mon Capitaine, ich hätte auch ihn in Kalk aufgelöst, ich hätte ihn in den Tiefen der Bucht versenkt, ich hätte ihn in alle vier Winde der Wüste verstreut und ihn aus der Erinnerung gelöscht. Ich hätte dafür gesorgt, dass er niemals existiert hätte. Tahar wusste darum, er wusste, was es heißt, einen Feind zu haben. Sie, mon Capitaine, Sie haben von alldem nie etwas gewusst, nicht mit unserem Mitleid oder unserem Respekt, der ihn nichts angeht, lassen wir unserem Feind Gerechtigkeit widerfahren, sondern mit unserem Hass, unserer Grausamkeit – und mit unserer Freude. Vielleicht erinnern Sie sich an den jungen Seminaristen, den Wehrpflichtigen, den ein schwachsinniger Federfuchser, der keinerlei Begriff von unserer Mission hatte, mir als Sekretär zugespielt hatte, ein Bigotter, gleich Ihnen, mon Capitaine, heimgesucht von einer empfindsamen Seele, einer wirklich empfindsamen allerdings, und so viel argloser und ehrlicher als die Ihre. Als er angekommen war, fühlte er sich erleichtert, da er glaubte, dass er sich die Hände nicht würde schmutzig machen müssen und gewissermaßen vor jeglicher Sünde gefeit gewesen wäre. Er hatte sich mir vorgestellt und ich hätte ihn beinahe zurückgeschickt. Er betrachtete das Meer durch die Fenster der Villa hinweg, die Lorbeerbäume im Garten, und er konnte sich nicht verkneifen, zu lächeln, ich glaube, dass er noch nie so viel Licht und Weite gesehen hatte, er fühlte sich lebendiger, als er es je gewesen sein mochte, befreit von den taufeuchten Morgendämmerungen in Büßerhaltung auf gefrorenen Steinplatten einer obskuren Kapelle, befreit vom beschämenden Geflüster im modrigen Halbschatten des Beichtstuhls, und ich habe ihn behalten, nach allem, es erschien mir nicht angemessen, über Lektionen zu entscheiden, die zu lernen es galt, auf Biegen und Brechen, auch nicht darüber, wer ihnen entkommen könnte, mon Capitaine, denn schließlich hat jeder von uns bis zum Schluss die nämliche ewige und brutale Lektion vernehmen müssen und niemand hatte uns gefragt, ob wir in der Lage wären, uns ihr auszusetzen, also habe ich dem jungen Seminaristen gesagt, dass er während der Befragungen Verdächtiger Notizen zu machen hätte, ich hatte ihm einige Sätze diktiert, seine Handschrift war präzise, nervös und elegant, und ich habe ihn sich einrichten lassen. Er kam zurück, er war aufgewühlt, er hatte zu mir gesagt Mon Lieutenant, das ist unglaublich, ich bitte Sie, im Zimmer sind alle Wände voll von pornografischen Fotos, und er bat mich, sie entfernen zu lassen, er stammelte dabei, ich hatte zu ihm gesagt, dass ich mich um Probleme dieser Art nicht kümmern würde, dass er nur woanders hinzusehen bräuchte, und er ist fort, später aber, da habe ich ihn auf der Bettkante wiedergefunden, neben seiner offenen Tasche, die Augen starr auf die Fotos gerichtet, die Kinnlade nach unten geklappt, er hielt in seinen Händen ein hässliches Kruzifix aus schwarzem Holz und er wirkte so unglaublich verletzlich, mon Capitaine, beinahe so wie Sie, als ich Ihnen mitteilte, dass Tahar sich erhängt hatte, er aber, ich konnte es nachvollziehen, kannte ja nichts als den drohenden Schatten der Jungfrau, verhüllt in ihren langen, blauen Umhang, die reinen Tränen der Maria Magdalena und die himmlischen Verzückungen der Teresa von Ávila, und jetzt konnte er seine Augen einfach nicht mehr abwenden von diesen Frauen, die vor ihm die Beine spreizten, mit ihrem bestialischen Vlies, ihrem glänzenden Geschlecht, aufgeworfen wie durch einen Messerschlitz, und er spürte das Feuer der Hölle das Mark seiner Knochen verzehren, den Körper des Herrn zwischen seinen Fingern, aber nichts konnte ihn dazu bringen, den Blick abzuwenden. Am nächsten Morgen, mon Capitaine, habe ich ihn an seiner ersten Befragung teilnehmen lassen, er hatte sich in eine Ecke des Raums gesetzt, sein Heft auf den Knien, er hatte nichts von sich gegeben, als wir den Araber an die Decke hängten, als hätte er seit seiner Ankunft gar nicht anders können, als seine Augen aufzureißen, zu brennen und zu verstummen, und ich war ihm dankbar, mon Capitaine, dass er so schnell begriff, dass es nichts zu sagen gab. Ich hatte die Elektroden am Ohr und am Glied befestigt. Er hat den nackten Körper sich aufbäumen und spannen sehen und den riesigen Mund, verzerrt von den Schreien, er hat das Wasser rinnen und den Lumpen nass werden sehen auf dem Gesicht des Arabers, dessen wunde Fersen den Boden schrappten und den feuchten Zement mit Blut befleckten. Als wir den durchnässten Lumpen weggezogen hatten und der Araber, nachdem er wie ein Vieh gehechelt hatte, sagte, dass er reden würde, da schaute mein junger Seminarist noch immer und ich hatte ihn daran erinnern müssen, dass er nun Notizen zu machen hätte. Tag für Tag hat er die tödliche Öde der Zeremonie ertragen, deren Anweisungsbefugte wir, Sie, mon Capitaine, und ich, so häufig gewesen sind, die Wiederholung derselben unabänderlichen Anordnung, die uns um die Hässlichkeit der nackten Körper versammelte, und solange er an meiner Seite blieb, hat er sein Pensum klaglos erfüllt. Er hatte Platz für sein Kruzifix geschaffen, an der Wand, zwischen den Fotos, er folgte den Männern in die hochgelegene Casbah, ins Bordell von Si Messaoud, und er akzeptierte es, vollständig verändert zu sein, für immer, er akzeptierte es, der Mann zu sein, zu dem er gegen seinen Willen geworden war, ohne Widerstand, ohne Prahlerei, aber Sie, mon Capitaine, Sie haben dies nie akzeptiert, nie waren Sie auf Augenhöhe mit Ihrem Schicksal, Sie hatten nichts anderes zu tun vermocht, als hoffnungslose Anstrengungen zu unternehmen, um denjenigen weit von sich zu weisen, den zu werden Sie im Begriffe waren und zu dem Sie, natürlich, trotzdem geworden sind. Alles, was außerhalb der zarten Schwankungen Ihrer Seele liegt, lässt Sie gleichgültig, im Grunde genommen lässt Sie die Welt gleichgültig, mon Capitaine, und Sie sind nur demgegenüber wachsam, was das Bildnis beschmutzen könnte, dass Sie von sich errichtet haben und dem Sie einen Kult widmen. Sie sind der Capitaine André Degorce, nicht wahr, Widerstandskämpfer und neunzehnjährig deportiert, Überlebender von Điên Biên Phu und der Lager der Viet Minh. Die Geschichte hat Ihnen ein für alle Mal das Diplom eines offiziellen Opfers zugesprochen und Sie haben sich hoffnungslos an dieses Diplom geklammert, Sie hatten nichts anderes zu tun vermocht, als sich vergeblich in der Ausarbeitung subtiler Unterscheidungen zu erschöpfen, vollkommen sinnlosen wohlgemerkt, was rein ist und was schmutzig, was Ihnen würdig ist und was nicht, mit welchem Grad an Feinfühligkeit es sich geziemt, seine Feinde zu behandeln, und Sie haben wahrscheinlich bedauert, dass es kein einziges Lehrbuch der Etikette gibt, das geeignet wäre, Ihre Debütantinnenängste zu mildern. Aber Sie sind unfähig zur Liebe und zum Mitgefühl, abgesehen vom theoretischen Mitgefühl der Pfarrer, der abstrakten Liebe zum Nächsten, den es nicht gibt. Erinnern Sie sich, mon Capitaine, als die zu Tahar gehörenden Mörder das Bordell von Si Messaoud liquidierten, habe ich mich mit meiner Abteilung an Ort und Stelle begeben, wir sind uns über den Weg gelaufen und ich ließ all jene Männer der benachbarten Häuser festnehmen, die vorgaben, sie hätten nichts gehört. Der Kopf von Si Messaoud war auf eine Steinbank platziert worden, im Vestibül. Wir hatten die Mädchen im Hof vorgefunden, zu einem Haufen zusammengeworfen, ihre Eingeweide lagen verstreut auf den marmornen Platten. Der Seminarist hat sich nicht übergeben. Er hat geweint, mon Capitaine, stundenlang hat er über die Leichen der Mädchen geweint und sich an die Wärme erinnert und die Aufmunterung, an die Küsse, er hat geweint und konnte nicht anders, aber in der darauffolgenden Nacht, als die Nachbarn befragt wurden, da weinte er nicht mehr, er schlug sie mit einem Rohrstock, jeden einzelnen, auf Bauchhöhe, er betätigte die Handkurbel des Generators und auch wenn wir in dieser Nacht nichts erreicht haben, so bekundete er einzig auf diese Weise, viel stärker und deutlicher als mit seinen Tränen, die Wirklichkeit seines Mitgefühls. So erweist sich, was das Mitgefühl bewirken kann, mon Capitaine, und hier zeigt sich, natürlich, auch etwas, was Sie zu verstehen vollkommen unfähig sind, aufgeschlitzte Huren verdienen die Gnade Ihrer Aufmerksamkeit nicht, sie verdienen das Leiden derer nicht, die sie mit zugehaltenen Ohren haben sterben lassen, auch nicht derer, die sie massakriert haben, angefangen bei Tahar, dessen Drecksmoralismus Sie bis zu einem Grade bewunderten, dass Sie ihm die Ehren erwiesen haben, vor meinen Augen, mon Capitaine, vor meinen Augen, ohne jeglichen Gedanken an den an den Huren verübten Terror, ohne jeglichen Gedanken an die Jugendlichen der Milk Bar, in Stücke zerfetzt von der Bombe, die Tahar über sie als Honorierung ihrer Jugend und Unbekümmertheit hat kommen lassen, ohne jeglichen Gedanken an nichts als an Sie selbst und Ihre unglaublich kriegerische Vornehmheit. Die jungen Leute der Milk Bar sind längst vergessen, aber Sie, mon Capitaine, Sie hatten sie nicht einmal vergessen müssen, Sie hatten ganz einfach niemals einen Gedanken an sie verschwendet. Vielleicht haben Sie recht, was bringt es schon, an das zu denken, was unweigerlich in Vergessenheit geraten wird? Sie hörten Musik und tranken Limonade, mon Capitaine, und eine junge Frau trat ein, eine hellhäutige Kabylin, die an der Bar die Tasche abstellte, in der sich die Bombe befand, niemand hatte sich nach ihr umgedreht, als sie wieder verschwand, die Jungen waren viel zu sehr damit beschäftigt, die Brüste der jungen Mädchen unter den leichten Stoffen der Sommerkleider sich bewegen zu sehen, sie tauschten Sätze unglaublicher Albernheiten aus, die von der Explosion zum Schweigen gebracht wurden, sie waren nicht viel wert, mon Capitaine, sie waren erfüllt von Gewissheit, waren voller Arroganz und Verachtung, aber sie waren die Unsrigen, wie dies auch die Huren waren, ihr Wert zählt nicht und es lag an uns, zu bezeugen, dass sie gelebt hatten. Wir hatten Zeugnis abzulegen, mit Wasser, mit Strom, mit dem Messer, mit aller Macht unseres Mitgefühls. Alles ist so schnell vergessen, mon Capitaine, alles ist so belanglos. Ich bin noch einmal dorthin zurück, wissen Sie, vor einigen Jahren, in einem beinahe leeren Flugzeug. Niemand erinnert sich an uns. Am Flughafen hat der Bulle mein Visum gestempelt und mir einen schönen Aufenthalt gewünscht. Möglich, dass er mich für einen Algerienfranzosen gehalten hat, der krank vor Heimweh noch vor seinem Tod das Haus seiner Kindheit wiedersehen wollte. Aber wahrscheinlich hat er sich keine einzige Frage gestellt. Die Stadt gleicht einer alten, verwahrlosten Dame, die mit ihrem eigenen Dreck verschmolzen und vom trügerischen Schein ihres einstigen Glanzes erdrückt ist. Vor der Milk Bar erhebt Emir el-Kader den Säbel des Sieges und die Straßen tragen die Namen der Terroristen, die wir getötet haben. Aber täuschen Sie sich nicht, mon Capitaine, auch die wurden vergessen, ihre Hagiografie hat sie für immer verschwinden lassen, viel sicherer noch als jedwedes Schweigen es vermocht hätte. Ich bin los, mir ein Zimmer im Saint-George zu nehmen, an den Mauern und Steinkacheln waren Schimmelflecken, aber der Duft von Jasmin tränkte noch immer die Luft des Gartens, wie vor vierzig Jahren, als ich die Stadt verlassen hatte, um einen Whisky in der Wintersonne zu trinken. Ich habe mir ein Taxi genommen und der Fahrer hat mich gefragt, aus welchen Gründen ich hergekommen sei, und ich habe ihn, mon Capitaine, schließlich angelogen, ich habe zu ihm gesagt, dass ich krank vor Heimweh wäre und noch vor meinem Tod das Haus meiner Kindheit wiedersehen wolle. Er hat mir angeboten, mich dorthin zu bringen, und ich habe zu ihm gesagt, dass ich noch Zeit brauche. Er beschwerte sich über die Wasserversorgung und über seinen Job, der ihn dazu nötigte, nachts zu fahren und Gefahr zu laufen, in eine Scheinabsperrung zu geraten, was ihm bereits einmal widerfahren war, er hatte sich sogar die Zunge verbrannt, weil er seine glühende Zigarette verschluckt hatte, Sie sehen, mon Capitaine, die Islamisten mögen keine Raucher, das ist eine Eigenschaft, die sie mit ihren Freunden der FLN gemein haben, dieser widerliche

Moralismus, und der Taxifahrer lachte darüber, noch heil davongekommen zu sein. Ich hatte ihn gebeten, mich an der Place des Martyrs abzusetzen und kurz auf mich zu warten. Ich bin an der Mosquée des Juifs vorbei hoch zur Casbah gegangen. Kinder spielten im Müll und Bauschutt, ein Mann hörte in einem dunklen Zimmer Musik und schaukelte dabei vor und zurück, das Gesicht in den Händen, und ich hatte den Eindruck, als könne ich umherwandern, ohne mich in diesem Labyrinth zu verlieren, wie damals, als wir von Dach zu Dach sprangen, es ist so lange her, mon Capitaine, als Tahars Männer sich wie Ratten in den Netzwerken der Brunnen und obskuren Galerien verkrochen und dabei lernten, uns zu fürchten. Und doch bin ich zurückgegangen und habe den Taxifahrer gebeten, eine Stadtrundfahrt zu machen, bevor er mich zum Hotel bringen würde. Wir sind am Meer entlanggefahren, vorbei an Saint-Eugène, ich habe die Villa gesehen, heute dürfte sie einem höheren Offizier gehören, und ich bin mir sicher, dass die Geister, die ich dortgelassen habe, seinen Schlaf nicht stören. Ich habe meine Arbeit gut verrichtet. Wir sind wieder hochgefahren nach El-Biar, wir sind an einem Raum vorbeigefahren, aus dem Hochzeitsmusik drang, und der Taxifahrer hat die Melodie aufgegriffen, ein sehr altes Lied, das Belkacem oft sang, der Harki aus meiner Truppe, ich erinnere mich sehr gut daran, mon Capitaine, Ah, läge meine Seele doch nur in meinen Händen, ein sehr bekanntes Lied, Sie werden es ganz sicherlich gehört haben, ja, auch Sie, Ich liebe Dich, Sara, lass mich in Deinem Herzen fortbestehen, Du bist mein Leben, Sara. Der Taxifahrer sang aus vollem Halse, Ich würde für Dich sterben, Sara, und er schien glücklich darüber zu sein, dass ich mit ihm mitsummte. Verlass mich nicht, Sara. Du hast in meinem Herzen eine Spur gezogen, die nicht vergehen wird. Beim Hotel habe ich ihm tausend Dinar gegeben und zu ihm gesagt, dass ich im Grunde genommen das Haus meiner Kindheit nicht so zwingend wiedersehen wolle. Er hat darauf bestanden, dass ich seine Telefonnummer entgegennehme, für den Fall, dass ich sie bräuchte.

Er hat mir die Hand geschüttelt. Alles ist so belanglos, mon Capitaine, alles ist so schnell vergessen. Das Blut der Unsrigen und das Blut, das wir verbreitet haben, es ist seit Langem von einem neuen Blut abgelöst worden und dieses wird seinerseits bald schon wieder abgelöst werden. Ich habe in der Frische des Jasmins Zeitungen gelesen. Siebzehn Zöllner in Timimoun abgeschlachtet. Drei in Sétif geköpfte Polizisten. Zwischen Bechar und Taghit ein ganzes Hochzeitsgefolge an einer Scheinabsperrung abgestochen. Alles ist so belanglos. Die Jungverheiratete hieß vielleicht Samia oder Rym oder Nardjess. Wer erinnert sich ihrer? Unsere Handlungen bedeuten nichts, mon Capitaine, aber Sie sind zu hochmütig, um dies zu akzeptieren. Sehen Sie es denn nicht? Unsere Handlungen haben keinerlei Gewicht, mon Capitaine, sie zählen kein bisschen, mag sein, dass einst eine Menschengattung existierte, die darum wusste, diejenigen, die die Jungverheirateten abgestochen hatten, wussten es vielleicht noch, aber wir, wir sind empfindsam geworden, uns gelingt es nicht mehr, unsere Handlungen von uns zu scheiden, schlicht und einfach wie Scheiße, und wir vergiften uns, unsere Handlungen vergiften uns, wir ersticken an der Leugnung oder Rechtfertigung, und in diesem Punkt gleiche ich Ihnen in gewissem Sinne, mon Capitaine, selbst wenn mir dies kein Grund zur Freude ist, hätte ich Ihnen nicht geglichen, hätte ich meinen Handlungen keine besondere Bedeutung zugemessen, ich wäre der OAS nicht beigetreten, ich wäre zu mir nach Hause gefahren und hätte an etwas anderes gedacht. Aber was soll man machen, im allgemeinen Vergessen erinnere ich mich an alles, mon Capitaine, ich erinnere mich sehr genau. Man kann ohne Erinnerung nicht loyal sein und, ich habe es Ihnen bereits gesagt, ich bin loyal. Ja, mon Capitaine, von uns beiden bin ich es, der die Republik verraten hat, und dennoch bin ich derjenige, der sich loyal verhielt. Ich rede Ihnen hier nicht vom ewigen Frankreich, der Unversehrtheit der Nation, der Ehre der Waffen oder der Flagge, all diese albernen Abstraktionen, von denen Sie glaubten, dass Sie

Ihr Leben auf ihnen errichtet hatten, ich rede hier von konkreten und zerbrechlichen Dingen, die uns anvertraut waren, das Schreien der Huren von Si Messaoud, die Tränen meines Seminaristen, das kleine, idiotische Lachen der jungen Mädchen der Milk Bar, das Lied von Belkacem, dem Harki, den Sie und Ihresgleichen 1962 dem Tod überantwortet haben, im Namen ihres merkwürdigen Pflichtgefühls, ich rede Ihnen von all dem, was Sie verraten haben, und zwar ohne die geringste Seelenregung dieses Mal, und dem allein ich meine Loyalität schulde, wobei es unwichtig ist schlussendlich, dass alles in die Tiefen des Vergessens gerissen wird. Aber Ihnen ist die Welt gleichgültig, mon Capitaine, und Sie verfaulen in der abgestumpften Kontemplation der außergewöhnlichen Tragödie, die Ihnen zu leben auferlegt wurde, und Sie fragen sich noch immer, wie es möglich ist, dass Sie zu einem Henker und Mörder geworden sind. Oh, mon Capitaine, das eben ist ja die Wahrheit, nichts ist unmöglich: Sie sind ein Henker und ein Mörder. Sie können nichts daran ändern, selbst wenn Sie noch immer unfähig sind, es zu akzeptieren. Die Vergangenheit verschwindet im Vergessen, mon Capitaine, aber nichts vermag sie zu sühnen. Niemand mehr sorgt sich um Sie, abgesehen von Ihnen selbst. Die Welt weiß nicht mehr länger, wer Sie sind, und Gott gibt es nicht. Niemand wird Sie bestrafen für das, was Sie getan haben, niemand wird Ihnen die Erlösung zusprechen samt Bestrafung, die Ihr Hochmut verlangt. Ihre Gebete sind vergeblich. Haben Sie denn wirklich nichts begriffen? Sind Sie so unabänderlich von Blindheit geschlagen? Sie haben nichts Außergewöhnliches erlebt, mon Capitaine, die Welt ging mit Männern wie Ihnen immer schon verschwenderisch um und kein einziges Opfer hatte es je als besonders schwierig empfunden, sich bei der geringsten Veränderung der Umstände in einen Henker zu verwandeln. Rufen Sie es sich ins Gedächtnis, mon Capitaine, das ist eine harte Lektion, hart und endgültig, die Welt ist alt, so alt, mon Capitaine, und die Menschen besitzen doch kaum Gedächtnis. Das, was sich in Ihrem Leben abspielte, es hat sich in ähnlichen Szenen bereits schon einmal abgespielt, unzählige Male sogar, und das Jahrtausend, das sich ankündigt, verspricht nichts Neues. Das ist kein Geheimnis. Wir besitzen doch kaum Gedächtnis. Wir werden verschwinden wie Generationen von Ameisen und alles hat von vorn zu beginnen. Die Welt ist ein Gut, das armselig pädagogisch ist, mon Capitaine, es weiß allein die nämlichen Dinge ins Unendliche zu wiederholen und wir sind widerspenstige Schüler, solange die Lektion sich nicht tief in unser Fleisch gebrannt hat, wir hören nicht zu, wir schauen weg und wir empören uns aufs Äußerste, sobald man uns an die Ordnung erinnert. Wenn das Leben aus Ihnen keinen Soldaten gemacht hätte, mon Capitaine, wenn Sie sich nicht in der ersten Reihe des Klassenzimmers hätten einrichten müssen, dann hätten auch Sie, auch Sie hätten sich dann empört, Sie hätten möglicherweise Protestaufrufe an Ihre Freunde von *L'Humanité* geschickt, Sie hätten über die unverjährbaren Rechte des menschlichen Wesens räsoniert, über seine Würde, und Sie hätten mit Entzücken Ihre sauberen und weißen Hände betrachtet, ohne je zu argwöhnen, dass das Herz eines Henkers in Ihrer Brust schlägt. Aber das Leben hat Ihnen nicht erlaubt, eine solche Behaglichkeit zu genießen. Sie wissen sehr genau, was es auf sich hat mit der menschlichen Würde, Sie wissen sehr genau, wes Wert die Menschen sind, Sie und mich inbegriffen. Als wir im vietnamesischen Lager, nach Điện Biên Phu, angekommen sind, da waren Sie es, ich erinnere es sehr genau, der es mich als Erster gelehrt hat, wie Sie mich so viele Dinge gelehrt haben. Wir saßen, erschöpft und ausgehungert, mit einer Gruppe Gefangener auf dem Boden und Sie haben zu mir gesagt Ich weiß, was ein Lager bedeutet, Horace, in nur wenigen Tagen können wir auf den Großteil unserer Kameraden nicht mehr zählen, Sie werden den Menschen hervorbrechen sehen und man muss Ihnen beibringen, sich davor zu schützen, den Menschen, den nackten Menschen, das sind Ihre eigenen Worte, ich erinnere es sehr genau, und Sie hatten recht. Sollten Sie es vergessen haben? Sollten Sie schließlich zu der Überzeugung gelangt sein, dass Sie etwas Höherstehendes sind als die menschliche Gattung? Die Menschen sind nicht besonders viel wert, mon Capitaine. In allgemeiner Hinsicht sind sie gar nichts wert. Es ist unmöglich, sie hinsichtlich der Funktion ihres Wertes zu unterscheiden. Parteilichkeit ist die einzige Bezugsgröße. Es handelt sich um nichts anderes, als die Seinen anzuerkennen und ihnen gegenüber loyal zu sein. Aber dazu sind Sie nicht fähig, Sie bedürfen der Beurteilung, Ihre maßlose Liebe, zu urteilen, führt ja sogar dazu, dass Sie, als reichte Ihre Eigenverurteilung nicht aus, keine Sekunde lang zögerten, sich und mit Ihnen uns alle bloßzustellen, um die Wertschätzung eines Mannes wie Tahar zu gewinnen, und dann sogar noch dazu, dass Sie noch heute bereit sind, sich vom erstbesten Dahergelaufenen die Absolution zu erbetteln, wie ein Junge, der sich schämt, das Dienstmädchen begrabscht zu haben. Merkwürdiger Hochmut, mon Capitaine, den Sie da vor sich hertragen. Aber ich frage es Sie – wer vermag ein Urteil über uns zu sprechen? Der Gott, von dem Sie glauben, dass er diese Welt erschaffen habe? Das Volk, in dessen Namen wir unser ganzes Leben lang uns schlugen und das uns seine Dankbarkeit darin erweist, uns in die stinkenden Niederungen seines schlechten Gewissens zu verbannen? Die haben mich zum Tode verurteilt, mon Capitaine, die haben mich begnadigt und amnestiert und die hatten das Recht, mich entweder zu töten oder aber mir Milde zuzusprechen, das ist völlig bedeutungslos, nicht aber dasjenige, mich zu verurteilen oder zu amnestieren, die haben nicht das geringste Recht, ein Urteil über uns zu fällen, mon Capitaine, wir befinden uns jenseits ihres Verständnisses, ihre Rügen oder ihre Belobigungen sind nichts. Wie sehr hätte ich es geschätzt, wenn Sie dies schließlich begriffen hätten. Wir haben die Lehrstunde der Welt erhalten, wir haben ihrer Lektion zugehört, hart und endgültig, und wir waren, Sie wie ich, Instrumente ihrer mitleidslosen Pädagogik. Ja, Sie auch, mon Capitaine. Jedes Mal, wenn Sie ihre Nacktheit ans Licht gebracht haben, jedes Mal, wenn die Klinge und das Fleisch ihre Körper penetriert haben, jedes Mal, wenn Sie verhinderten, dass sich ihre Augenlider schlossen und Sie sie mit Gewalt bei Bewusstsein hielten, mit jedem verweigerten Lufthauch, mit jeder Verbrennung haben auch Sie das pädagogische Werk gegenüber all jenen vollbracht, die durch Ihre Hände gegangen sind. Aber niemals haben Sie an ihrem Ende teilgenommen und Sie können gar keinen Begriff davon haben. Ich habe so viele Menschen sterben sehen, mon Capitaine, ich war ihnen näher als ihre eigene Mutter und ich kann Ihnen versichern, dass sie alle etwas gelernt hatten, etwas Wichtiges, eine Wahrheit, die Tahar nicht gekannt hat, da Sie unter keinen Umständen wollten, dass er auch nur leicht in seinen Fundamenten erschüttert werden sollte. Wir fuhren immer nachts aus der Stadt, wir überflogen die Bucht, stets waren sie still, hinten im Fond des Wagens oder im Helikopter, sie weinten nicht, sie flehten nicht, kein Funke Wunsch oder Revolte war mehr in ihnen, und sie kippten ohne einen Schrei ins Massengrab, sie fielen mit einem langen, schweigenden Sturz Richtung Meer, sie hatten keine Angst, ich weiß es genau, denn jedem von ihnen habe ich in die Augen geblickt, wie es meine Pflicht war, mon Capitaine, der Tod ist eine ernste Angelegenheit, aber sie hatten keine Angst, wir haben ihnen den Tod versüßt, wir haben das für sie getan, sie erwiderten meinen Blick, sie sahen mein Gesicht und ihre Augen waren leer, ich erinnere es sehr genau, keine Spur von Hass war darin zu finden, keine Beurteilung, keine Nostalgie, nichts war mehr zu finden, wenn nicht vielleicht doch der Friede und die Erleichterung, endlich befreit zu sein, denn dank unsereins, mon Capitaine, konnte keiner von ihnen mehr ignorieren, dass der Körper ein Grab ist.

27. März 1957: ERSTER TAG

Genesis, IV, 10

Von der Spitze des immensen Organigramms herab, das eine ganze Wandfläche des Büros bedeckt, scheint Tarik Hadj Nacer, genannt Tahar, der Reine, die Welt mit unermesslicher Melancholie zu betrachten. Zum Zeitpunkt, da dieses Foto auf einem Kommissariat in Constantine aufgenommen worden war, hatte er seinen Beinamen noch nicht erworben. Er war nicht mehr als ein Bankangestellter mit subversiven Ideen und falls er bereits hatte beginnen sollen zu ahnen, dass er seiner Zukunft als Herr eines Untergrundkrieges nicht mehr entkommen würde, dann fügte er sich dem möglicherweise ohne Begeisterung. Zwei Monate zuvor, als Capitaine André Degorce die Örtlichkeit in Besitz genommen hatte, thronte Tahar allein, dem Souverän eines unsichtbaren Königreichs ähnlich, an der Spitze eines jungfräulichen Organigramms, das inzwischen Hunderte großteils mit einem kleinen, roten Kreuz versehene Namen und Fotos fast vollständig bedecken. Sobald kein einziges leeres Feld mehr vorhanden sein wird, hat Capitaine Degorce seine Arbeit zu einem Ende gebracht. Er weiß jetzt, dass dies nur mehr eine Frage der Zeit ist, und er weiß zudem, dass er, sobald der Tag gekommen, unfähig sein wird, sich seines Sieges zu erfreuen. Sein ganzes Leben lang hat er Siegesträume genährt, ohne je etwas anderes zu kennen als eine lange Abfolge an Niederlagen, niemals aber hätte er gedacht, dass er am Vorabend des Augenblicks, an dem er endlich erhört werden sollte, zu verstehen haben würde, wie grausam der Sieg zu sein vermag und dass er ihn sehr viel mehr kosten würde als alles, was er zu geben hätte. Zu beten vermag er nicht mehr. Er kann sich noch so sehr im Halbschatten seines Zimmers niederknien und sich der Inbrunst hingeben, wie er es seit Kindesbeinen tut, kein einziges Wort steigt ihm zu den Lippen. Er verharrt bewegungslos in der Stille und lässt sich von den regelmäßigen Schlägen seines erstarrten Herzens einwiegen, bis er sich schließlich dazu entscheidet, seine Bibel an einer zufälligen Stelle aufzuschlagen und im Flüsterton einige Verse vorzulesen, die ihm keinerlei Halt geben. Er kann der Heiligen Schrift keine hoffnungsvollen Botschaften mehr entnehmen, sondern nur mehr den endlos wiederholten Ausdruck einer entsetzlichen Drohung. Er kann die Briefe von Jeanne-Marie nicht mehr entgegennehmen, ohne zu zittern. Tag für Tag verschiebt er deren Erbrechen, aus Angst, dass er seine Bestrafung schon erhalten habe. Er malt sich aus, dass sein Neffe jählings körperlich behindert wäre oder seine Tochter tot, dahingerafft in nur wenigen Tagen von einer Lungenentzündung oder überfahren von einem Auto, bedingt durch das, was er hier tut.

(Ich weiß, wer du bist. Ich habe deine Stimme lange Zeit schon vernommen. Du bist ein eifersüchtiger Gott, der die Fehler der Väter an den Söhnen bestraft, bis hinunter in die dritte und vierte Generation.)

Erst heute Morgen noch bescheidet er sich darin, über den Umschlag mit den Fingerspitzen zu streicheln und das Parfum einzuatmen, bevor er einen Sous-Officier ruft.

– Febvay, sagen Sie dem Kabylen Bescheid, dass ich bei ihm vorbeischaue. Stecken Sie die Typen, die bei ihm sind, in eine andere Zelle. Bringen Sie ihm Zigaretten. Und Tee. Erweisen Sie sich ihm gegenüber als freundlich, sagen Sie ihm, dass es keine weiteren

Befragungen mehr geben wird, dass ich nur zum Reden vorbeikommen werde. Rufen Sie mich, wenn Sie so weit sind.
Capitaine Degorce zündet sich eine Zigarette an, die er sorgsam raucht, die Stirn an eine Fensterscheibe gelehnt. Die Sonne scheint über der Bucht und keine einzige Wolke zieht übers Meer, der Himmel aber ist nicht wirklich blau, er ist durchzogen von verwaschenen, gelblichen Schlieren, die ihm die schmutzige und glanzlose Färbung von Teichwasser verleihen. In diesem Land ist der Himmel niemals blau, nicht einmal im Sommer, vor allem im Sommer nicht, wenn der glühend heiße Wüstenwind die Konturen der Stadt in seinen erdfarbenen Staubwirbeln auslöscht und sich aus den trägen Strömungen des Mittelmeeres die Dunstschwaden eines gleißenden Nebels erheben, in dem der rote Rumpf der Frachtdampfer zittert. Er erinnert sich an die im April verbrachten Ferien, zwei Jahre zuvor, gemeinsam mit Jeanne-Marie und den Kindern, das Mittagessen auf der Terrasse eines Hotels in Piana, gegenüber dem Golf von Porto, die unglaublich klare Risswunde der Felswände vor dem tiefen Blau eines kristallklaren Himmels, und es fällt ihm schwer, zu glauben, dass die Küstenstriche, die er heute betrachtet, umspült werden von ein und demselben Meer, das sich unter ein und demselben Himmel dahinstreckt.
Er verscheucht das Bild seiner Tochter, die im herbstlichen Licht lächelt. Er wünscht sich, dass das, was er jetzt zu tun hat, bereits hinter im läge.
– Alles ist vorbereitet, mon Capitaine.

*

Der Kabyle lehnt gegen die Wand. Er ist nackt, in eine schmutzige Decke gehüllt. Er richtet seine großen, grünen Augen auf den Capitaine, der sich im Schneidersitz ihm gegenüber hinsetzt.
– Sie scheinen sich zu erholen, sagt Capitaine Degorce, während er ihm eine Hand auf die Schulter legt.
Der Kabyle unterdrückt ein Schmerzesstöhnen, als er versucht, sich zu entwinden. Der Capitaine zieht seine Hand zurück.
– Sie waren ausgesprochen mutig, wissen Sie. Meine Männer sind ausnahmslos beeindruckt, wirklich. Sie respektieren Sie sehr. Wie auch immer, jetzt ist es vorbei, der Sergeant müsste es Ihnen bereits mitgeteilt haben. Wir sind keine Wilden. Jedermann weiß, dass Sie nichts sagen werden, niemand insistiert noch länger, wozu auch? Sie sehen mich voller Bewunderung.
Der Capitaine zündet sich eine Zigarette an und reicht eine dem Kabylen.
– Voller Bewunderung, wirklich, bekräftigt er. Wissen Sie, ich habe das auch durchgemacht, 1944, ich weiß, wovon ich spreche.
Der Kabyle zuckt mit den Schultern. Der Capitaine lässt ein leicht amüsiertes Lächeln aufkommen.
– Ich stelle fest, dass Sie meine Zigaretten annehmen, nicht aber meine Bewunderung, nicht wahr, Abdelkrim?
Den Kabylen durchzuckt ein Schreck.
– Ist übrigens ein sehr schöner Name, Abdelkrim Aïd Kaci, der Name eines Kriegers, voller Adel, Sie hätten ihn uns nicht so lange vorenthalten dürfen und außerdem, sehen Sie, hat es ja gar nicht viel gebracht, nicht jeder hat Ihren Mut ...
Der Capitaine beugt sich nach vorn.
– Wir lieben diese Arbeit nicht, aber wir machen sie gut, schließt er mit eisigem Ton, bevor er sich wieder aufrichtet und in aller Ruhe an seiner Zigarette zieht.
(Ich bin ein Komödiant, ein Hanswurst, der eine dunkle Farce spielt. Und diese Farce muss bis zum Schluss gespielt werden, ohne Ausweg

oder Erbarmen. Jedes einzelne Haar meines Kopfes ist gezählt, jede Lüge, jede würdelose List. Und gespielt werden muss bis zum Schluss.)

– Wie ich Ihnen bereits gesagt habe, Abdelkrim, wir werden Sie nicht mehr befragen. Aber aus Gründen der Sorgfalt, jetzt, da wir Ihren Namen haben, werden wir dennoch einige Fragen an Mitglieder Ihrer Familie richten. Vielleicht an Ihre junge Schwester, die, ich meine, sechzehnjährig ist und, ich würde darauf wetten, die gleichen wunderschönen Augen hat wie Sie. Meine Männer würden sie nur allzu gern befragen.

Abdelkrim beginnt zu zittern. Er verbirgt sein Gesicht in den Händen.

– Meine Männer werden ebenso ihre Freude daran haben, Ihre Mutter zu befragen. Sie würden egal wen befragen, wissen Sie.

Schluchzer zerreißen Abdelkrims Brust und seine Finger entlang fließen Tränen.

– Ich gehöre der Rebellion an, sagt Abdelkrim und weint.

Capitaine Degorce fährt ihm zärtlich, beinahe väterlich durchs Haar.

– Oh, aber das, das weiß ich doch bereits! Dies zuzugeben war gar nicht vonnöten, ich bin kein Idiot, wissen Sie! Das reicht nicht, Abdelkrim, das reicht ganz und gar nicht.

(Nein, das reicht nicht, und die Übelkeit reicht nicht, auch nicht der Geschmack von Fäulnis im Mund. Es muss weitergemacht werden. Am Jüngsten Tag wirst du die Gerechten an deine Rechte rufen. Wirst du Abdelkrim rufen? Und ich? Was wirst du aus mir machen? In welchen Höllenkreis wirst du mich abschieben wollen, zwischen die Verdammten welcher Gattung?)

Abdelkrim liefert eine Adresse. Eine Straße im Europa-Viertel, in der Nähe vom Telemly.

– Wen werde ich dort vorfinden?, fragt der Capitaine.

– Ich weiß es nicht!

– Vielleicht weiß es Ihre Schwester? Oder Ihre Mutter? Sie wird es wissen, was?

– Nein! Bei Gott, ich weiß es nicht. Ich schwöre es Ihnen! Ich weiß nur, dass es eine Adresse ist, die wir verwenden. Ich schwöre es bei Gott!, brüllt Abdelkrim, während er sich an den Drillich des Capitaine klammert.
– Nur ruhig, ich glaube Ihnen ja. Nur ruhig! Ich werde selbst nachsehen gehen.
Aber Abdelkrim kann nicht aufhören zu weinen und zu zittern.
– Eines noch und dann lass ich Sie. Drei Namen. Derjenige, der Sie rekrutiert hat, die beiden, die Sie selbst rekrutiert haben.
Abdelkrim liefert drei Namen. Capitaine Degorce erhebt sich und klopft an die Tür, um Sergeant Febvay zu rufen. Abdelkrim steht noch immer unter Tränen.
– Sergeant, lassen Sie ihn nicht allein, bitte. Keine Sekunde lang. Nicht, dass er uns noch irgendwelche Dummheiten macht.
Der Capitaine kniet nah vor Abdelkrim nieder.
– Ihre Schwester und Ihre Mutter werden niemals von uns reden hören. Sie haben mein Wort darauf.
Abdelkrim weint noch heftiger.

*

– Moreau, einen Wagen und zwei Männer. Wir werden eine kleine Runde nach Telemly machen. Abfahrt in zwanzig Minuten.
Capitaine Degorce versieht das auf dem Organigramm mit einer Nadel festgesteckte Foto von Abdelkrim mit einem roten Kreuz. Er schreibt die Namen, die er soeben erfahren hat, in die angrenzenden leeren Felder und gibt sie an den Führungsstab weiter. Er fühlt sich leer und desorientiert. Er setzt sich auf seinen Schreibtisch und zündet sich eine Zigarette an, die er umgehend wieder

ausdrückt. Er greift nach Jeanne-Maries Brief und reißt beinahe noch in derselben Bewegung den Umschlag auf. »André, mein Kind, mein Geliebter, wir denken so viel an Dich ...« Er legt den Brief zurück, seufzt und fährt sich mit der Hand übers Gesicht. Die Erleichterung, die ihn eben überkommen hat, verschwindet schnell wieder und wieder fühlt er sich allein, irregeführt in den Dämmerschlaf einer so radikalen Müdigkeit, dass sie ihm unheilbar erscheint. Er richtet seine Augen auf das Organigramm. Er versucht, sich einzureden, dass jedes rote Kreuz eine Bombe darstellt, die nicht hochgehen wird. Er versucht, an all jene zu denken, deren Leben gerettet worden ist und die es nie erfahren werden. Aber alles verharrt fern und abstrakt und es gelingt ihm nur, einige wenige vage Phantombilder ohne Gesichtskonturen heraufzubeschwören.

(Man kann die geretteten Leben nicht zählen, man kann nur die Toten zählen. Ich bin es so leid, die Toten zu zählen. Meine Ohnmacht ist grenzenlos.)

Er wurde in der Stationierung einer souveränen mathematischen Logik mitgerissen. Waren die Größen des Problems einmal klar erkannt, wurde jede Folgerung streng aus der vorhergehenden Folgerung gezogen und Capitaine Degorce sieht sich gezwungen, zugeben zu müssen, dass sich diese prächtige Verkettung mit der Autorität einer absoluten Notwendigkeit errichtet, vor der die menschliche Vernunft sich nur verneigen kann. Er hat lange Zeit nach einer Schwachstelle gesucht, aber es gibt keine einzige Schwachstelle. Die Größen des Problems ergeben dessen Lösung. Das ist ganz einfach und er kann nichts dagegen tun. Er ist vor eine Schlussfolgerung gestellt, die er weder zurückweisen noch annehmen kann, und selbst wenn die Gesamtheit seiner intellektuellen Fähigkeiten darüber wie betäubt ist, so hat er doch Tag um Tag ohne zu zögern die praktischen Konsequenzen, die diese Schlussfolgerung impliziert, seinerseits ins Werk zu setzen. Die Gefangenen müssen reden. Alle müssen reden. Es ist streng genommen unmöglich, a priori diejenigen, die schweigen, um Informationen zu verheimlichen, von denjenigen zu unterscheiden, die nichts zu sagen haben. Allein die durch das Leiden geführte Zerreißprobe unterscheidet sie voneinander. Wenn es umsetzbar wäre, müsste die ganze Stadt befragt werden. Capitaine Degorce kann nichts dagegen tun. Der einzige Punkt, der in seiner Macht steht, lautet, nicht weiter zu gehen, als die Logik es verlangt.

Im Januar wurden der Besitzer und die Angestellten eines Bordells der oberen Casbah massakriert. Vielleicht, weil die FLN Prostitution und Alkohol in der arabischen Stadt verboten hatte, vielleicht, weil Si Messaoud, der Zuhälter, der Armee Informationen zugespielt hatte. Vielleicht auch beider Gründe wegen. Als Capitaine Degorce, begleitet von Moreau, dem Adjudant-Chef seiner Kompanie, und einigen Harkis, am Geschehen ankam, schleppten die Männer von Lieutenant Horace Andreani bereits fünf oder sechs Araber mit geschwollenen Gesichtern ab. Weinende Frauen standen um sie herum.

– Wie geht es Ihnen, André?, fragte der Lieutenant.

Capitaine Degorce maß ihn mit boshaften Blicken.

– Verwenden Sie bitte meinen Dienstgrad, wenn Sie sich an mich wenden, Lieutenant.

Andreani lächelte und murmelte etwas Undeutliches. Der Capitaine näherte sich der Gruppe der Festgenommenen.

– Was haben die gemacht?, fragte er einen Harki aus Andreanis Sektion. Der Harki wandte sich ohne etwas zu sagen an den Lieutenant.

– Na los, Belkacem, antworte dem Capitaine, sagte Andreani.

– Sie haben einen zu tiefen Schlaf, mon Capitaine. Oder aber Gedächtnisverlust. Oder vielleicht sind sie auch taub. Werden ja sehen, ob wir sie heilen können.

Belkacem näherte sich den Gefangenen und begann, auf Arabisch zu schreien und ihnen Ohrfeigen und Fußtritte zu versetzen. Die Frauen fingen gleichzeitig an zu schreien.

– Ab jetzt!, gab Andreani den Befehl. Guten Tag, mon Capitaine.
Trotz der Wut, die ihn erstickte, sagte Capitaine Degorce kein Wort. Er hatte nicht ein Gran Macht über Andreani; und er konnte überdies unter keinen Umständen drauf schwören, dass diese willkürlichen Verhaftungen nicht doch auf etwas hinauslaufen würden. Er sagte nichts. Er sah sich das Bordell an und blieb einige Augenblicke lang vor den Leichen stehen.
(Ein unsägliches Leben. Ein unsäglicher Tod.)
Als er wieder hinausging, hat eine alte Frau seine Hand ergriffen und unter Tränen begonnen, hastig zu sprechen.
– Was will sie?
– Sie sagt, ihr Sohn habe nichts getan, mon Capitaine, erklärte ein Harki. Sie sagt, dass er unschuldig sei und Sie ihn ihr zurückgeben müssen. Auch segnet sie Sie.
(Jeder muss sprechen. Jeder.)
Der Capitaine zog seine benetzte Hand zurück und machte einige Schritte zur Seite.
– Sag ihr, dass ich nichts dagegen tun kann.

*

– Sollte der Kabyle uns verarscht haben, wird er sich daran erinnern, sagt Adjudant-Chef Moreau.
Der Wagen des Capitaine hat eben erst auf dem Boulevard du Telemly eingeparkt. Der Himmel hatte sich schlagartig verdunkelt und seit einigen Minuten fällt ein kurzer Eisregen. Die Concierge des Gebäudes betrachtet die Militärs voller Missbilligung. Sie bestätigt ihnen, dass in dem Gebäude ein Araber lebt, Monsieur Sahraoui, aber ein sehr höflicher Araber, sehr gut erzogen, in der

dritten Etage, und sie scheint darüber empört, dass man ihn welcher Angelegenheit wegen auch immer verdächtigen könnte.
– Wir werden jetzt Folgendes tun, Madame: Sie werden mit uns zusammen hochgehen und Monsieur Sahraoui sagen, dass es Post für ihn gibt. Verstanden?
– Aber nein, Capitaine! Ich kann diesen Herrn nicht einfach anlügen, in meinem Beruf, da ist Vertrauen eine ...
– Du wirst jetzt machen, was dir der Capitaine gesagt hat, und deinen fetten Hintern bewegen, fällt ihr Adjudant-Chef Moreau ins Wort, ansonsten schwöre ich dir, dass ich dich abtransportieren lasse, dich und deine ganze Familie. Du wirst deine feinen Manieren dann im Umgruppierungslager an den Tag legen können. Hast du kapiert?
Die Concierge hat einen schreckgeweiteten Mund und willigt wortlos ein.
(Die Logik regiert und wir herrschen über die Stadt.)
Sie steigen die Treppe so leise wie möglich hoch. Der gedämpfte Lärm seiner eigenen Schritte bewirkt beim Capitaine einen unangenehmen Eindruck, den zu verscheuchen er nicht fähig ist. Auf der dritten Etage verweist Moreau die Concierge mit drohendem Finger auf die Tür. Sie klopft. Der Capitaine lädt seine Pistole.
– Monsieur Sahraoui? Es ist Post für Sie gekommen.
Nach wenigen Augenblicken öffnet sich die Tür. Niemals wird der Capitaine diesen Moment vergessen. Er hat dieses Gesicht an der Spitze des Organigramms so oft betrachtet, dass er auch nicht eine Sekunde lang zweifeln kann, dass er es ist, seltsamerweise mit einem greifbaren und fragilen Körper gesegnet, und doch ist es ja zugleich unmöglich, dass er es tatsächlich wäre, denn der Mann, der sich auf der Schwelle befindet, hat die Pistole wahrgenommen, er hat die Tarnuniform wahrgenommen und er lächelt dennoch weiterhin so freundlich, als handele es sich um nichts anderes als ein zufälliges Wiedersehen sehr teurer Freunde, die einander seit Langem aus den Augen verloren haben.

– Sind Sie Tarik Hadj Nacer?, fragt der Capitaine und der Mann antwortet Ja, ohne aufzuhören zu lächeln. Es ist ein extrem friedfertiges und lauteres Lächeln, das von Kampfansage oder Ironie nicht die Spur geschwächt wird.
– Sind Sie Tahar?, insistiert der Capitaine.
– Ja, Capitaine. Das bin ich.

*

Der Colonel hat die Presse auf achtzehn Uhr geladen. Obgleich er geltend gemacht hatte, dass eine Mausefalle hätte aufgestellt werden sollen in Telemly, wo Moreau den Befehl hatte, einen jeden gefangen zu nehmen, der darum gebeten hätte, Monsieur Sahraoui zu sehen, hatte Capitaine Degorce keinen weiteren Aufschub erzielen können.
– Was meinen Sie, Degorce? Die werden Lunte gerochen haben, noch bevor die Journalisten ihre Artikel fertig redigiert haben werden. Ihre Mausefalle wird in weniger als zwei Stunden aufgeflogen sein. Wenn Sie jemanden festnehmen wollen, dann jetzt oder nie. Glauben Sie mir.

Der Capitaine gab nach und wenige Minuten später rief Moreau an, um zu verkünden, dass er soeben ein junges Mädchen festgenommen hätte, eine Pseudonichte, die sich weigerte, ihren Namen zu nennen.
– Sehr gut, Moreau. Ziehen Sie von dort ab. Lassen Sie aber wenigstens bis morgen früh einen Ihrer Männer da, man weiß ja nie.
Der Colonel jubelt.

– Hervorragende Arbeit, Degorce, auch wenn Sie ein Schweineglück hatten! Wahnsinn, da kriegt dieses Rattengesocks mal ordentlich eins übergezogen. Los, zeigen Sie ihn mir, Ihren Hadj Nacer.
Tahar sitzt auf einem Strohbett, die Hände verbunden, die Augen halb geschlossen. Er wirkt, als würde er ruhig vor sich hin träumen und sein seltsames Lächeln hat sich noch immer nicht verflüchtigt. Der Colonel spult seine Nummer des hochherzigen und siegreichen Kriegers ab und beginnt in der Zelle hin- und herzulaufen und dabei Reden zu schwingen über die Größe und Dienstbarkeit des Soldatenstands, er hört sich mit sichtbarer Freude reden, er fragt sich mit lauter Stimme, was er, der Colonel, gemacht hätte, wenn er Araber gewesen wäre, und er räumt ein, dass er wahrscheinlich den gleichen Weg eingeschlagen hätte, er hat sich immer schon in die Lage seiner Feinde versetzen können, er gratuliert Tahar dazu, dass er ihm so viele Probleme bereitet hat, er berauscht sich an seinen eigenen Worten, er schwört enthusiastisch und Capitaine Degorce fürchtet sich davor, Tahars Blicken zu begegnen, und unter dem Gewicht der Scham, die ihn bedrückt, senkt er seine Augen.
(Das ist ein Schwachkopf. Schon immer. Die Schwachköpfigkeit dieses Mannes ist schwindelerregend. Sie ist absolut unglaublich.)
Man hört einen erstickten Aufschrei einer Frau, dem der Colonel keinerlei Beachtung schenkt.
– Ich komme gleich zurück, sagt Capitaine Degorce und verlässt die Zelle.
Er betritt einen Raum am Ende des Flurs. Eine ganz junge Frau liegt ausgestreckt auf einen Tisch, an dessen Beine ihre Handgelenke und Knöchel festgebunden sind. Zwei Harkis und Sergeant Febvay sind über sie gebeugt. Sie blutet aus der Nase, sie ist nackt; man hat ihr ein Taschentuch in den Mund gestopft. Der Capitaine betrachtet ihre Brüste, die Wölbung ihres blassen Bauches, die Locken ihrer Scham, aus der die dunkle und glänzende Masse einer Maschinenpistole hervorzubrechen scheint. Er hat den flüchtigen

und unzumutbaren Eindruck, dass sie Fratzen schneidet und sich unter den Schmerzen einer monströsen Niederkunft windet. In der Ecke des Raums raucht Adjudant-Chef Moreau eine Zigarette.
(Die Logik kennt keine Grenze. Ihre Herrschaft ist grenzenlos. Die Höllenmacht der Feuersbrunst.)
– Das ist die Schlampe aus Telemly, sagt Sergeant Febvay. Wir versuchen sie zur Vernunft zu bringen.
– Entfernen Sie das, sagt der Capitaine und zeigt auf die in ihren Unterleib gerammte Waffe. Entfernen Sie ihr das auf der Stelle.
Der Sergeant gehorcht.
– Sind Sie durchgeknallt, Moreau? Die Journalisten kommen gleich und Ihnen fällt nichts Besseres ein als das? Ziehen Sie mir dieses Mädchen wieder an und lassen Sie es in Frieden.
– Dass wir sie wieder anziehen, mon Capitaine, muss das wirklich sein?, fragt Febvay. Das wäre für die Kameltreiber hier echt beschissen, fährt er fort und zeigt dabei auf die Harkis, die würde denen hinsichtlich der Ziegen, die sie bumsen, etwas Abwechslung bringen.
Die Harkis beginnen zu lachen. Capitaine Degorce macht auf den Sergeant zwei Schritte zu und hebt seine Hand, um ihn zu ohrfeigen, unterbricht die Geste aber und sein Arm fällt schlaff zurück an seinen Körper. Er weiß, dass er die Hand nicht hätte erheben dürfen, und er weiß auch, dass er die Hand, einmal erhoben, nicht wieder hätte fallen lassen dürfen. Er spricht mit nicht wiederzuerkennender Stimme.
– Ich werde dich vors Kriegsgericht bringen, du Dreckskerl. Vors Kriegsgericht, hast du gehört. Ich werde dich erschießen lassen.
Der Adjudant-Chef nähert sich und nimmt den Capitaine sanft am Arm.
– Mon Capitaine, mit Verlaub: was erzählen Sie denn da?
Der Capitaine verharrt für einen Moment bewegungslos. Er kann den Blick des Sergeant nur schlecht erwidern. Er geht mit einer Eile, die er verachtet, Richtung Tür.

– Ziehen Sie dieses Mädchen wieder an, Moreau, sagt er mit zitternder Stimme. Und finden Sie für den Sergeant eine Verwendung, wo sein Sinn für Humor angemessen geschätzt wird. Egal wo, es ist mir völlig gleich. Nur möge er mir nicht mehr unter die Augen kommen.

Als er auf dem Flur ist, macht er plötzlich kehrt und geht erneut in den Raum. Niemand hat sich bewegt. Er geht direkt auf Febvay zu und versetzt ihm einen Knietritt in den Schritt. Der Sergeant sackt beinahe geräuschlos in sich zusammen und Capitaine Degorce schlägt ihm mit aller Kraft die Faust gegen die Schläfe. Der Sergeant kippt, die Knie gegen die Brust gezogen, zu Boden, ohne auch nur die kleinste Abwehrgeste anzudeuten. Capitaine Degorce massiert seine schmerzende Hand. Er schaut auf den jungen Mann, der zu seinen Füßen stöhnt. Da ist zunächst ein rasendes Glücksgefühl der Erleichterung. Und dann sofort darauf Mitleid, Gewissensbisse – eine unsägliche Ohnmacht.

*

Die Journalisten sind gekommen und wieder gegangen. In Handschellen gelegt, hat Tahar ins Gewitter der Blitze gelächelt. Der Colonel gratulierte sich zu der außergewöhnlichen Bedeutung dieser Gefangennahme, die, daran zweifelt er keine Sekunde, der Rebellion einen beinahe tödlichen Schlag versetzt. Der Colonel wies die Journalisten darauf hin, dass sie dem Gefangenen Fragen stellen können. Schämen Sie sich nicht, für Ihre Attentate Frauen zu verwenden? Zeigen Sie Schuldgefühle? Haben Sie Angst, guillotiniert zu werden? Was sagen Sie den Angehörigen Ihrer Opfer? Warum einen von vornherein verlorenen Kampf führen?

Werden Sie die Milde der Republik erflehen? Tahar hat sich alle Fragen sehr aufmerksam angehört und jeden Journalisten mit äußerstem Wohlwollen angesehen, aber er hat kein Wort verlauten lassen. Capitaine Degorce, ganz in seiner Nähe, blickte auf die Spitzen seiner Schuhe. Er versuchte nicht einmal mehr, sich dem Schamgefühl, das ihn packte, zu entziehen. Er wartete ganz einfach darauf, dass dieser Mummenschanz ein Ende finden sollte. Er überlegte sich, dass Jeanne-Marie am nächsten Tag sein Foto in den Zeitungen sehen würde und dass sie aller Wahrscheinlichkeit nach stolz auf ihn sein werde. Falls sie eines Tages erfahren sollte, was er hier wirklich macht, würde sie es weder glauben noch verstehen können. Und sie hätte recht: aller Logik dieser Welt zum Trotz ist es im Grunde genommen nicht nachvollziehbar und besser war es, seine Frau würde niemals Kenntnis davon besitzen.
(Wie könnte ich sie in meine Arme schließen? Wie könnte ich die Kinder umarmen? Was könnte ich ihnen sagen?)
Als sie sich im Frühling 1945 zum ersten Mal trafen, war er zwanzig Jahre alt und wog fünfunddreißig Kilogramm. Sie war zehn Jahre älter als er und Kriegswitwe. Monatelang hatte sich ihr Mann an der Maginot-Linie zu Tode gelangweilt. Er schrieb ihr immer wieder, schrieb ihr, dass sie ihm fehle, dass er es kaum erwarten könne, zu kämpfen, und ab und an erlaubte er sich einige gewagte Andeutungen, indem er auf die Kälte der ohne sie verlebten Nächte anspielte. Noch in seinem letzten Brief wiederholte er, dass er die Deutschen furchtlos erwarte und er sie sein ganzes Leben lang lieben werde. Kämpfen musste er nie. Nach der Offensive floh er mit allen gesunden, verängstigten und beinahe vollständig entwaffneten Männern seiner Kompanie gen Süden. Er musste gehofft haben, es bis nach Toulon oder Marseille zu schaffen, irgendwohin, wo er ein Boot hätte auftreiben können, das ihn zu ihr nach Korsika zurückgebracht hätte. Eines Abends jedoch, als er und seine Kameraden sich völlig schutzlos auf offenem Feld ausruhten und sich wahrscheinlich in Sicherheit wähnten, haben drei

Stukas sie geortet und sind im Sturzflug pfeifend auf sie niedergegangen. Keiner von ihnen hat sich je wieder erhoben. Jeanne-Marie bewahrte seine Briefe sowie ein Foto von ihm auf, das ihn als Artillerist zeigt, der einen leicht verlegenen Schmollmund macht, als würde er sich schon im Vorhinein für seinen so wenig glorreichen Tod entschuldigen und ebenso für seine Liebesversprechungen auf immer, die ihm einzuhalten nicht so schwer gefallen waren. Sie ging zusammen mit ihrer Schwägerin nach Paris, um dort Jean-Baptiste, einen ihrer älteren Brüder, gefangen genommen 1940, wiederzufinden, der sehr bald schon mit dem Strom der Heimkehrer nach Frankreich eintreffen sollte. André Degorce kam kurz zuvor aus Buchenwald an. Er war sehr geschwächt, aber sein Gesundheitszustand ließ keine besondere Sorge aufkommen und er wartete im Hotel Lutetia darauf, seine Eltern wiederzufinden. Jeden Tag suchte er die Tafel mit den Vermisstenanzeigen auf. Er versuchte zu essen. Er schlief. Er verspürte keine Lust zu leben. Jeanne-Marie Antonetti war eines Morgens in Begleitung ihrer Schwägerin in der Empfangshalle des Lutetia erschienen. Sie suchte nach einer Möglichkeit, sich nützlich zu machen. Vielleicht erhoffte sie sich auch, dass ihr ein Wunder ihren Ehemann wiederbringen würde, dass sie ihn dort finden werde, krank, aber am Leben, und dass es ihnen genügen würde, ihr verlorenes Leben wieder aufzunehmen, ebenso schlicht, wie man aus einem Albtraum erwacht. Sie betrachtete die Deportierten mit einem Ausdruck unendlichen Schmerzes und als sie Andrés Blicke kreuzte, brach sie in Schluchzen aus und wiederholte immer wieder nur Mein Gott, der arme Kleine. Sie kam jeden Tag, um ihn zu sehen, wieder. Sie erzählte ihm von ihrem verschwundenen Mann und ihren Brüdern, sie war wegen des jüngsten, Marcel, in Sorge, er wurde 1943 eingesetzt und musste irgendwo in Deutschland sein, unversehrt, hoffte sie, und sie lachte, weil sie sah, dass André an Kräften wieder zunahm. Jean-Baptiste kam schließlich in bester Gesundheit an. Nach einigen Monaten im Stalag hatte er das

Glück, auf einen Hof verschickt worden zu sein, und so hatte er den ganzen Krieg über wie ein Schwein futtern können. Jeanne-Marie hat ihn mit seiner Frau zusammen allein nach Korsika zurückkehren lassen. Sie wollte nicht fort, solange André seine Eltern nicht wiedergefunden hätte, und sie war bei ihm geblieben. An jenem Abend, als er ihr die Kleider ausgezogen hatte, hatte sie ihn an sich herangezogen und Mein Kleiner, mein Kind geseufzt, die Augen niedergeschlagen und es geschehen lassen. Ihre Haut war zart und frisch und wenn sie nicht mehr die Festigkeit einer Jungmädchenhaut besessen hatte, so sollte André dies niemals in Erfahrung bringen, denn sie war die erste Frau, die er in seinen Armen hielt. Sie hatten einige Monate später geheiratet, in der Dorfkirche von Jeanne-Maries Heimatort. Andrés Eltern waren nicht gerade glücklich darüber, ihn eine sehr viel ältere Frau heiraten zu sehen, aber es machte auf ihn den Eindruck, als autorisierte ihn das, was er erlebt hatte, dazu, von jetzt an einfach so handeln zu können, ohne sich je um die Zustimmung der Eltern Gedanken machen zu müssen. Alle aus der Familie von Jeanne-Marie warfen bewundernde Blicke auf die Uniform von Saint-Cyr, in welcher er sich vor dem Altar niederkniete, das Herz überbordend vor Dankbarkeit dem Herrn gegenüber, der uns vom Bösen errettet. Ein Mädchen wurde nach einen Jahr geboren und als Marcels Frau irgendwo an den Ufern des Niger im Wochenbett gestorben war, nahm Jeanne-Marie den kleinen Jungen bei sich zu Hause auf, damit er die Pflege erhalten konnte, die ihm ihr Bruder allein nicht hätte zukommen lassen können, und damit ihm die notwendige weibliche Präsenz zur Entfaltung seiner selbst nicht würde mangeln müssen. Marcel sollte Jacques, seinen Sohn, sehr viel später wieder zu sich nehmen, hatte es aber nicht getan und auch die Möglichkeit dazu nie mehr erwähnt. Seit seiner Hochzeit hat Capitaine Degorce sehr viel mehr Zeit von den Seinen getrennt gelebt als an ihrer Seite. Die Kinder schienen ihm in unsteten Schüben groß geworden zu sein. Als er nach seiner Kriegsgefangenschaft, kaum mehr wiegend als bei seiner Befreiung aus Buchenwald, aus Indochina zurückgekehrt war, fiel es ihm schwer, sie wiederzuerkennen, und Jeanne-Marie hatte geweint, als sie ihn so sah, wie damals, an jenem Morgen im Frühling 1945, in der Empfangshalle des Lutetia. Aber er hatte ununterbrochen an sie gedacht und stets so gehandelt, dass sie seines Namens wegen nicht hätten erröten müssen. Er weiß, dass dies heute nicht mehr der Fall ist. Er fühlt sich unendlich weit fort von ihnen und dennoch hat er Angst, dass der übelriechende Schatten seiner Sünde sie eines Tages heimsuchen werde.

Er sagt vollkommen ernst zum Colonel, der sich Urlaub nimmt, um sich am guten Verlauf seiner Pressekonferenz zu berauschen, dass er Tahar nicht ein Haar krümmen werde.

– Aber niemand verlangt das von Ihnen, Degorce, antwortet der Colonel leicht pikiert.

– Es würde keinen Sinn ergeben, mon Colonel, es ist niemand über ihm, zu dem er uns führen könnte. Wirklich, es ist vollkommen unsinnig.

– Schon in Ordnung, machen Sie, wie es Ihnen richtig erscheint, mein Guter, und gehen Sie mir damit nicht auf die Nerven, ich hab damit nichts zu tun.

(Armer Idiot, armer, widerlicher Idiot und Angeber.)

Der Colonel ist fort und er sucht Tahar in dessen Zelle auf.

– Es tut mir leid, sagt Capitaine Degorce. Es tut mir leid, dass Sie dies alles haben erdulden müssen. Die Presse. Den Colonel.

Tahar beginnt zu lachen.

– Ja, sagt der Capitaine und lacht ebenfalls, vor allem den Colonel, nicht wahr?

Er setzt sich Tahar gegenüber.

– Man wird Ihnen nichts tun, keine Angst.

– Ich bitte um keine Begünstigungen, Capitaine. Ich bin bereit, genauso behandelt zu werden wie meine Kameraden.

– Das ist keine Begünstigung, das hat mit einer Begünstigung nichts zu tun. Das ist eine Frage der ... eine einfache Frage der Logik, wissen Sie. Sie können sich nicht selbst denunzieren, nicht wahr?

– Ich verstehe.

Capitaine Degorce verharrt für einen längeren Augenblick schweigsam. Er fühlt sich merkwürdig befriedet und empfindet keinerlei Lust zu gehen.

– Ich habe über Wochen, die sich dehnten, mit Ihnen zusammengelebt, wissen Sie. In meinem Büro befindet sich Ihr Foto, ich habe Sie jeden Tag gesehen. Es ist merkwürdig, zu denken, dass alles zu Ende ist.

Tahar schaut den Capitaine voller Interesse an.

– Aber zu Ende ist nichts, Capitaine, überhaupt nichts.

– Wieso? Es ist nur mehr eine Frage der Zeit, das wissen Sie genauso gut wie ich.

– Sie reden wie Ihr Colonel, sagt Tahar sanft. Der tödliche der Rebellion zugefügte Schlag und der ganze Rest. Aber das entspricht nicht der Wahrheit.

– Was entspricht der Wahrheit dann?, fragt der Capitaine.

– Die Wahrheit, sie ist viel bescheidener, Capitaine, sagt Tahar, indem er sich zu ihm beugt. Die Wahrheit lautet, dass ich es bin, mit dem es aus ist, ich allein, und dies hat keinerlei Bedeutung, denn ich zähle gar nichts.

Es liegt nichts Theatralisches in seiner Stimme, keine einzige Beuge, die welche Art von Unbescheidenheit auch immer oder auch nur den geringsten Wunsch nach Anerkennung verraten würde. Er hat schlicht und einfach ein Faktum ausgesprochen und jetzt streckt er sich auf der Strohmatratze aus und schließt mit einem Seufzer die Augen, als bereite er sich auf den Schlaf vor. Der Capitaine kann es sich nicht verkneifen, erneut das Mysterium seines Lächelns zu betrachten. Er erhebt sich.

– Ich werde morgen wiederkommen. Falls Sie etwas benötigen, bitte zögern Sie nicht, es mich wissen zu lassen.
– Ich benötige meine Freiheit, sagt Tahar fröhlich.
– Ich sprach von etwas, das auch in meiner Macht steht, Ihnen anzubieten.

*

»André, mein Kind, mein Geliebter, wir denken so sehr an Dich. Unsere kleine Claudie hört nicht auf, mich zu fragen, ob es Dir möglich sein wird, zu ihrem Geburtstag bei uns zu sein. Meinst Du, es wäre Dir möglich? Ich weiß, dass Du Dein Bestes tust, aber sie wäre so glücklich darüber. Und ich auch. Schreib mir, was ich ihr sagen soll. Heute herrscht ein strahlendes Wetter und ihr Onkel Jean-Baptiste hat die Kinder zum Strand mitgenommen, zum Seeigelessen. Ich bin also mit Mama allein zu Hause geblieben und nichts hat mich von meinen mir teuersten Gedanken an Dich ablenken können. André, mein Kind ...«
Jeanne-Maries Worte verschaffen ihm eine vollkommen unverhältnismäßige Emotion, als wären all jene, die er liebt, seit über tausend Jahren tot und als hätte er soeben die letzte Spur ihres Aufenthaltes auf Erden entdeckt. Die Zukunft ist weggefegt und völlig überschwemmt worden, seine Frau ist nur mehr Staub und beschwört aus der Tiefe ihres Grabes herauf mit hanebüchener Grausamkeit den Geburtstag eines kleinen Mädchens, tot seit langer Zeit. Capitaine Degorce unterbricht seine Lektüre. Er überfliegt geistesabwesend einen Brief seiner Eltern, dann einen weiteren, einen von seinem Schwager Marcel, der ihn seit den Ufern des verhassten Niger zur Vertrauensperson seiner hypochondrischen

Delirien erwählt zu haben scheint und ihn halsstarrig mit verzweifelten Briefen überschwemmt, in denen es aufgrund eines schaurigen Bestiariums, welches er mit beunruhigender Genauigkeit beschreibt, nur so wimmelt vor lauter Augen- und Leberparasiten, vor menschenfressenden Larven, auf der Lauer liegenden Untieren der tropischen Feuchtigkeit, besessenen Negern, und er beweint auf unermüdliche Weise sein baldiges Verschwinden sowie den Sohn, den er nie mehr wiedersehen würde. Mit jedem neuen Brief erklärt Marcel ihm, dass er aufgrund eines Wunders eine tödlich verlaufende Krankheit dennoch überlebt habe, er am gleichen Tage jedoch noch die Symptome derjenigen erkannt hätte, die ihn hinwegraffen werde, und Capitaine Degorce wünscht sich darüber beinahe, dass er ein für alle Male krepieren möge.
»André, mein Kind, Du kannst Dir gar nicht vorstellen, wie sehr Du mir fehlst. Häufig träume ich, dass diese furchtbaren Ereignisse vorbei sind und Du in unsere Nähe zurückkehrst. Ich bin sicher, dass dieser Tag kommen wird, vielleicht schon recht bald. André, vergiss nicht, dass Dein Leben wertvoll ist und dass ...«
– Mon Capitaine, die Typen von Andreani sind da.
– Ich komme sofort. Wie viele nehmen sie uns heute Abend?
– Zwei, mon Capitaine. Den Kabylen und das Mädchen aus Telemly.
Die Gefangenen des Capitaine bleiben nie lange. Nach wenigen Tagen oder auch nur Stunden machen sie denjenigen Platz, die ankommen. Man führt sie fort. Sie werden in ein Durchgangslager gefahren. Oder vor den Staatsanwalt gebracht. Oder Lieutenant Andreani übergeben. Capitaine Degorce kennt die Regeln nicht, die der Selektion vorangehen. Möglich, dass es gar keine Regel gibt. Die Gefangenen sind so zahlreich, dass es unmöglich ist, ihre Fälle einzeln zu behandeln. Möglich, dass es das Werk eines blinden Mechanismus ist, zufällig und endgültig wie das Schicksal. Ein zugedeckter Laster ist in der menschenleeren Straße geparkt. Es ist eiskalt und der abnehmende Mond hat im leichten Dunst einen strahlenden Hof. Andreanis Männer plaudern mit Adjudant-Chef

Moreau. Capitaine Degorce erkennt Belkacem wieder, den Harki, wie auch den jungen Seminaristen mit dem Marderkopf, der dem Lieutenant als Sekretär dient. Sie salutieren dem Capitaine, der ihnen mit einer vagen Kopfbewegung antwortet. Man bringt Abdelkrim und das Mädchen. Belkacem heißt sie, in den hinteren Teil des Lasters hochzusteigen. Abdelkrim zittert, seine Augen sind gesenkt. Das Mädchen betrachtet den Capitaine mit einem undurchdringlichen Gesichtsausdruck. Der Laster verschwindet in die Nacht.

– Und bei Andreani, mon Capitaine, fragt der Adjudant-Chef, glauben Sie, dass sie da was zu lachen hat, die Kleine?

– Keine Ahnung, Moreau, und die Frage stellt sich auch nicht. Das, was bei Andreani passiert, ich kann da nichts dagegen tun.

*

»André, vergiss nicht, dass Dein Leben wertvoll ist und dass wir Dich über alles lieben. Setze Dich keiner unnötigen Gefahr aus. Denke an mich. Denke an uns. Und, bitte, sieh darin keinerlei Vorwurf, aber versuche uns doch, wenn Du die Zeit dazu findest, etwas längere und ausführlichere Briefe zu schreiben. Nichts von dem, was Du tust, könnte uns je langweilen und die Kinder, vor allem sie, sie wünschen sich, dass ...«

Der Capitaine kann sich nicht mehr auf seine Lektüre konzentrieren. Er ist nicht mehr bewegt. Der Sinn der Worte dringt nur schwer zu seinem Geist vor und so gibt er schließlich auf. Er ordnet den Brief in eine Schublade, gemeinsam mit demjenigen seiner Eltern, und wirft den von Marcel in den Papierkorb. Es scheint ihm, als würde er, legte er sich jetzt hin, schlafen können, aber er weiß, dass dies nur ein irriges Gefühl ist. Er nimmt Papier und beginnt zu schreiben. Er sucht nach zärtlichen Worten und die Worte entziehen sich ihm.

(Es gibt keine Worte mehr für Gott. Es gibt keine Worte mehr für die Meinen.)

Er öffnet das Fenster und raucht, während er zum Mond schaut, eine Zigarette. Er hofft, dass Tahar friedlich schläft. Tatsächlich zweifelt er nicht eine Sekunde daran und denkt an seinen Gefangenen mit einem leichten Gefühl neidischen Grolls. Er kehrt zu seinem Schreibtisch zurück und ohne dass er sich noch setzt, schreibt er: »Meine teure Liebe, meine wunderbaren Kinder, es ist leider undenkbar, dass ich eine Erlaubnis für Claudies Geburtstag erhalten könnte. Hier nichts Erwähnenswertes. Alles läuft bestens. Ich liebe Euch zärtlich.« Er schreibt rasch Jeanne-Maries Adresse auf einen Umschlag, den er auf den Stapel der Postsendungen wirft. In seinem Zimmer macht er sich nicht einmal die Mühe, sich für sein Abendgebet niederzuknien. Auf seinem Bett sitzend, schlägt er die Bibel auf. Er liest: »Was hast du getan? Die Stimme des Bluts deines Bruders schreit zu mir von der Erde.« Er blättert noch ein wenig in ihr, bevor er sie zuschlägt. Er schickt sich an, sich zwischen Schlaflosigkeit und Träumen, die er nicht haben möchte, treiben zu lassen.

Wie hätte ich Sie vergessen sollen, mon Capitaine, ich, der ich Sie so sehr liebte, ich, der ich Sie noch mehr liebte als ich Sie heute verachte, und ich verachte Sie ja doch bis hin zu dem Punkt, dass ich Ihnen ohne Scham zugestehen kann, wie sehr ich Sie liebte. Oh, ich liebte Sie wie einen Bruder, einen vor Jugend und Heldenkraft nur so strahlenden Bruder, und ich erinnere mich sehr genau an Ihre auf meine Schulter gelegte Hand, in diesem einen Monat Mai 1954, als wir allesamt in einer langen, gespenstischen Kohorte vor den Augen unserer Eroberer vorbeizogen. Das war das Ende der Welt, mon Capitaine, wir waren nichts weiter als bemitleidenswerte Relikte eines zerstörten Reiches, aber Ihre Hand auf meiner Schulter bewahrte mich vor der Verzweiflung, im Kampf nicht gestorben zu sein, und ich war glücklich, ich erinnere mich sehr genau, glücklich, noch am Leben zu sein und neben einem Mann einhergehen zu dürfen wie Ihnen, der sich weigerte, die Augen niederzuschlagen wie all unsere Kameraden, als wir vor der Kamera entlanggingen, die russische Kameramänner auf uns ausgerichtet hatten, damit die ganze Welt Zeuge unserer Erniedrigung sein und über unsere einstige Arroganz lachen könne. Denn von unserer Arroganz war nichts mehr geblieben, mon Capitaine, wo wir uns doch hinkend vorwärtsbewegten in unseren Schmutzpanzern und das obszöne Auge der Kamera unsere Verwundungen noch schmerzhafter werden ließ und die blutverschmierten Lumpen noch abscheuerregender, die unsere Kampfkleidung einst waren, nichts war geblieben von unserem Mut, nichts von uns war geblieben und, wahrhaftig, die Augen zu senken, das war das Einzige, was uns zu tun noch möglich war, aber Sie, mon Capitaine, sobald wir ins Blickfeld der Kamera gekommen waren, haben Sie den Kopf erhoben und das Objektiv fixiert und Sie haben mir die Hand auf meine Schulter gelegt und zu mir gesagt Heben Sie den Kopf, Horace, schauen Sie sich diese Schweine genau an, schauen Sie ihnen gradewegs ins Gesicht, es gibt keinen Grund, warum Sie erröten sollten, und ich hatte mich plötzlich derart stolz gefühlt, mon Capitaine, so stolz, an Ihrer Seite zu sein, dass mir eine unnachvollziehbare Lebensfreude beinahe den Atem genommen hätte. Ich liebte Sie, mon Capitaine, und Sie erschienen mir bewundernswerter, als ich es mir erhofft hatte, damals, als ich Ihren Schwager Jean-Baptiste Antonetti noch über Sie habe sprechen hören, am Vorabend meines Fallschirmabwurfes, in dieser Bar in Hanoi, die meine Landsmänner aufsuchten, um ihren Groll und ihr Heimweh miteinander zu teilen, diese Bar, in der ich so ausgedehnte Wochen des Wartens mit Trinken von schlechtem Alkohol verbracht hatte, der meine Träume von Schlachten und Blut tränkte, meine Todesträume, mon Capitaine, während Jean-Baptiste mir von Ihnen erzählte, zwischen zwei abgestumpften Beschwörungen der undankbaren Erde unserer Kindheit, die es uns nicht gelang zu hassen, und er sprach mir von Ihrer Kraft und Ihrem Mut, er dankte dem Himmel, dass dieser seine Schwester einen Mann wie Sie hat treffen lassen, als ob sich seine ganze Familie allein durch Ihre Präsenz mit einem Mal geadelt gesehen hätte, als ob aufgrund der mysteriösen Gnade Ihrer Anverwandtschaft er selbst für immer seine Bedingtheit als Unteroffizier des Trosses mit Aussicht auf mittelmäßige Karriere hinter sich gelassen hätte, und er sagte damals, dass Sie bei Điên Biên Phu nicht sterben werden, da Sie zu jenen gehörten, die die schlimmsten Apokalypsen überlebten, und es hätte wahrscheinlich nur noch eines Glases gefehlt und er hätte Ihnen prophezeit, dass Sie niemals sterben würden. Ich hatte so lange darauf gewartet, Ihnen zu begegnen, mon Capitaine, Nacht für Nacht, in dieser Bar in Hanoi, und die herabströmenden Monsunregen schwemmten die Schlacken meiner verlogenen Heimwehgefühle hinweg, ich vergaß meine Familie, ich befreite mich von allem, was mich ans Leben band, von allem, was mir Fesseln anlegte, ich machte mich aller Dinge bar und zu allem bereit und nie zuvor war ich so verzweifelt frei wie beim Besteigen der Transportmaschine der amerikanischen Truppen, die mich endlich zu Ihnen bringen sollte. Ihr Schwager Jean-Baptiste hat mich an sein Herz gedrückt und mich gebeten, Sie für ihn in die Arme zu schließen, dabei sah er mich zum letzten Mal mit der ängstlichen Zärtlichkeit an, die man für gewöhnlich den Verstorbenen vorbehält, mich aber hat das nicht irritiert, ich habe mich ins Flugzeug gesetzt, umschnürt von meinem Fallschirm, Seite an Seite mit Fremden, vergnügt wir alle, als würden wir auf einem Fest erwartet werden. Wir besaßen keinen anderen Glauben mehr als denjenigen an die vergebliche Schönheit des Opfers. Die Aussicht auf unseren baldigen Tod berauschte uns, mon Capitaine, und wir waren vergnügt, weil wir wussten, dass diese Verherrlichung, die den Tod wünschenswert macht, der höchsten Weihung entsprach, die die Menschen in Anspruch nehmen konnten. Die ersten zielgerichteten Feuer der DCA haben das Cockpit erzittern lassen, die Tür öffnete sich und wir flogen so niedrig, dass ich den feuchten und süßlichen Geruch des Massakers roch, als ich in den flüssigen Himmel kippte. Ich erinnere mich noch, wie überrascht ich war und, heute darf ich es Ihnen sagen, wie enttäuscht, als ich Sie das erste Mal sah, mon Capitaine, ich erinnere es sehr genau, Jean-Baptistes Berichte hatten mich darauf vorbereitet, eine Art antiken Helden anzutreffen, mit ehernen, von den schwarzen Wassern des Styx gehärteten Gliedmaßen, und nicht etwa den juvenilen und melancholischen Lieutenant, der Sie ja waren, der so fragil zu sein schien, mon Capitaine, und ich erinnere mich, wie Sie traurig den Kopf hochgehoben haben und vor sich hin sagten Was wollt ihr denn noch hier? Für was? Alles ist vorbei, das Ganze ist eine absurde Dummheit, absurd und kriminell, und ich fühlte mich verletzt, weil Sie sich denjenigen gegenüber nicht dankbar zeigten, die gekommen waren, um mit Ihnen zu sterben, aber so ist es eben, Sie haben mich unzählige Male verletzt, mon Capitaine, und Sie waren sich dessen nicht einmal bewusst. Ich habe Ihnen ausgerichtet, dass Jean-Baptiste Sie in seine Arme schließt. Sie hatten geantwortet, dass dieser Auftrag meine Anwesenheit vollständig rechtfertigen würde, und Sie hatten mich durch den Lärm und den Gestank hindurch angelächelt. Um mich den Überlebenden Ihres Zuges vorzustellen, haben Sie lauthals geschrien. Dies hier ist Sous-Lieutenant Andreani, gekommen, um unser Schicksal mit uns zu teilen. Ein Corporal mit verbundenem Arm brachte mir einen vagen Gruß entgegen, ohne sich davon abbringen zu lassen, sein Radio zu befingern. Die anderen schauten mich nicht einmal an. Unsere Geschütze bombardierten pausenlos quer durch den Nebel hindurch blindlings die unsichtbaren Berghänge, Regen- und Stahlfluten fielen auf uns nieder mit schonungsloser Regelmäßigkeit und überall um uns herum wühlte sich das Schlachtfeld auf, mit seinen Wirbeln und unbeweglichen Wellenkämmen, die Fleisch- und Metalltrümmer vor sich herschwemmten. Ganz nah bei uns heulte ein Verletzter mit einer Sanftmut, die mich an das Schreien der Eulen in den Augustnächten meiner Kindheit erinnerte. Ich habe es in allen Sprachen dieser Welt schreien hören. Eine schwarze Hand tauchte aus einer Böschung auf, wie um etwas Unfassbares zu erhaschen. Ich versuchte dann, auf Ihr Lächeln zu reagieren, und noch immer hatte ich keine Angst vor dem Sterben, aber ich murmelte Das ist die Hölle, ich erinnere es sehr genau, Das ist die Hölle, mit zitternder Stimme, was ich mir nie verziehen habe, und Sie haben mir geantwortet Nein, das ist nicht die Hölle, Lieutenant, das ist bereits die ganze Gastfreundschaft, die Ihnen die Geliebten des Colonel de Castries anzubieten haben, Béatrice, Isabelle, Anne-Marie, Gabrielle, Claudine, Eliane und all jene Frauen, die die Erinnerung unseres Befehlshabers so unerbittlich immer wieder heimsuchten, dass er die Stellungen, in denen wir sterben sollten, mit deren Vornamen bezeichnet hatte, und was hätten sie wohl gedacht, mon Capitaine, was hätten all jene Frauen, deren Gesichter uns für immer unbekannt bleiben werden, wohl gedacht, hätten sie ihren gealterten Liebhaber seine große Aristokratennase und gebeugte Silhouette durch dieses Gefilz stinkender Schützengräben spazieren führen sehen, mitten in seiner Armee von Untoten? Wie denn hätten sie ihn wiedererkennen können, der ihnen heimliche Rendez-vous schenkte in erleuchteten Zimmern mit weit auf den Pariser Frühling geöffneten Fenstern und auf so kühne Manier die scharlachrote Weste seiner Kavalleristenuniform an ihren nackten Brüsten rieb? Ich habe so häufig an sie gedacht, mon Capitaine, unter dem nicht endenden Feuer stellte ich mir ihre nach Parfum duftenden Körper ausgestreckt unter der Wärme der Betttücher vor, die Liebkosung ihrer Hände, und ich spürte, dass die Erde, die uns verschlang, etwas von ihnen bewahrt hatte, der Schlamm, handwarm wie ihr Arm, er wiegte die Sterbenden zart ein, bevor er sie in die lustvollen Tiefen zog, wo sie nichts mehr treffen konnte, es war von daher so einfach, zu kämpfen, so verführerisch, zu sterben, und ich verstehe nicht, wie ich nur vergessen konnte, welchen weiblichen Vornamen die Stellung trug, die ich Tag und Nacht verteidigte an Ihrer Seite, lautete er Eliane, mon Capitaine?, lautete er Huguette?, lautete er Dominique? Ich erinnere mich nicht mehr, ich, der ich mich an alles erinnere, ich habe ihn vergessen, mon Capitaine, wie ich auch den Vornamen vergessen habe der frisch verheirateten Algerierin, erdrosselt Jahre später am Wegesrand einer langen Wüstenstraße zwischen Bechar und Taghit, mein Erinnerungsvermögen weigert sich, Vornamen von Frauen zu erinnern, so ist es, mon Capitaine, so sehr ich auch an sie denken mag, ihre Vornamen verblassen und ich weiß nicht mehr, ob sie Kathina, Latifa oder Wissam hießen, aber ich weiß, dass Männer, die Ihrem Tahar wie Brüder glichen, sie getötet hatten, und sie hatten ihre Aussteuer in den Staub verstreut, furchtbare vergoldete Schuhe mit hohen Absätzen, synthetische Dessous mit falschen Perlen, mit kreischenden Farben bestickte Kleider, das ganze überladene Silberzeugs, das in der Tiefe einer Schublade der ehelichen Behausung hätte schwarz werden sollen und das der Wüstenwind nun mit Sand bedeckte. Ich habe ihren Namen in der Zeitung gelesen, als ich meinen Whisky trank unterm Jasmin vom Saint-George, wie damals in meiner erbarmungslosen Jugend, bevor ich dann den Taxifahrer rief, damit er mich ins Haus der Familie fahren würde, die ich mir erfunden hatte, ich habe ihren Namen gelesen, mon Capitaine, und mir dabei geschworen, ihn niemals zu vergessen, und ich erinnere mich seiner nicht mehr. Sie war nicht mehr ganz jung gewesen, daran ja, daran erinnere ich mich noch sehr gut, sie war etwas über dreißig und sie hat wohl, wie sie so dasaß neben ihrem in einen völlig neuen Anzug gezwängten Mann, verschwitzt unter ihrer Schminke, während alle Hochzeitsgäste im Rhythmus mit den Händen klatschten und sangen Ich könnte für Dich sterben, Sara, Du bist mein Leben, Sara, leicht errötend, denn sie wird wohl daran gedacht haben, dass ihr Blut endlich aus ihr fließen werde, aber nicht einfach so, mon Capitaine, nicht, wie es dann an jenem Abend verlief, zwischen Taghit und Bechar, auf dieser Straße, die wir so gut kennen. Die Welt ist alt, mon Capitaine, und wir werden der Schändung des Blutes nicht entkommen, wir werden ihrer nicht enthoben werden, niemals, das ist unser Fluch und unsere Größe, es tut mir leid, es Ihnen wiederholen zu müssen, ich, der ich es vielleicht mit der entscheidenden Nacht meiner jungen sechzehn Jahre verstanden habe, in deren Verlauf mir ein für alle Mal vor Augen geführt wurde, was mein Leben sein würde. Es war Ende Herbst 1942, mon Capitaine, ich erinnere es sehr genau, mein Cousin und ich erwischten einen italienischen Soldaten, wie er um das elende Gehege, in welchem meine Mutter drei mickrige Hühner aufzog, herumschlich, er war kaum älter als wir und zitterte vor Angst, er hatte Hunger, mon Capitaine, wir aber waren so empört darüber, dass man uns das wenige, was wir besaßen, stahl, und so glücklich, jemanden gefunden zu haben, den wir unser Elend bezahlen lassen konnten, dass wir ihn ohne zu überlegen getötet haben, mit Spatenstichen, in einem Zustand beinahe übernatürlicher Begeisterung. Wir haben seinen Leichnam so weit wie möglich weg von unserem Haus gezogen, raus aus dem Dorf. Er hatte ein Foto von einem jungen Mädchen mit einem undankbaren Gesicht bei sich und zwei Briefe, die wir, ohne sie zu lesen, zerrissen haben. Wir nahmen sein Gewehr, seine Brieftasche, seine Dienstmarke und seine Granaten und wir liefen los und schlossen uns dem Maquis im Alta Rocca an, wir liefen, bis wir außer Atem waren, und mein Cousin begann zu jammern Was haben wir nur gemacht, Horace? Was wird jetzt aus uns werden?, aber ich antwortete ihm nichts darauf, es interessierte mich einfach nicht. Meine Hände waren von Blut befleckt und das Leben, das ich gekannt hatte, war vorbei. Ich verspürte weder Freude noch Bedauern darüber. Ich begnügte mich damit, laufen zu können, und ich wusste, dass ich diesen Weg bis zum Ende gehen und dabei das aufkommende Gemurre meines Herzens ersticken würde, und ich bin ihn gegangen, mon Capitaine, ich bin ihn bis September 1943 hinauf auf den Col de Bacinu gegangen, wo die Maschinengewehrschützen der SS-Reichsführer-Division meinen Cousin durchlöcherten, direkt neben mir, und es ihm nicht gewährten, mir zum Abschied mehr als nur einen Tropfen seines Blutes auf meiner Wange zu hinterlassen, ich bin ihn bis in die Kesselschlacht von Kolmar im Januar 1945 gegangen und bis nach Deutschland, und jenseits der Meere, unter den Monsunregenfällen, bin ich ihn bis hin zu Ihnen gegangen, mon Capitaine, zu

Ihnen, den ich so sehr liebte. Ich sah Sie und dachte, dass es mir genügen würde, hier zu sterben, damit mein Leben vollkommen wäre. Oh, Sie waren bewundernswert, mon Capitaine, es kostet mich viel Überwindung, es heute zuzugeben, aber es entspricht der Wahrheit, Sie waren mit einer Aura der Gnade versehen, der pursten Gnade, in jeder Ihrer Gesten. Die vietnamesischen Pioniere hoben um unsere Stellungen herum kreisförmige Gräben aus, um sie zu isolieren und zu zerstören, eine nach der anderen, Anne-Marie, Marecelle, Eliane, und tagtäglich drangen aus dem Radio Stimmen unbekannter Kameraden, die von sich gaben Das ist das Ende, Adieu, Jungs, Adieu, Stimmen von unendlicher Traurigkeit und Wut, denen wir dann antworteten Nur Mut, Adieu, Adieu, und dabei darauf warteten, dass unsere Zeit kommen würde, und als unsere Zeit dann kam, da haben Sie ganz einfach gefragt Warum soll man ihnen ihren Job einfach machen?, und wir sind in Richtung des glitschigen Lärms der Schaufeln gekrochen, die sich in rhythmischen Abständen in die von Wasser durchtränkte Erde gruben, wir haben unsere Granaten geworfen, bevor wir uns hinter ihnen in die Gräben geschlichen haben und uns im Nahkampf durchgefochten haben, mit Faustschlägen, Messerstichen, durchgebissen haben wir uns, getragen von einer wunderbaren Trunkenheit, die ich niemals vergessen werde. Als wir wieder zu Atem kamen, haben wir sehen können, dass diejenigen, die wir gerade getötet hatten, nicht älter als fünfzehn oder sechzehn waren. Sie lagen ausgestreckt im Schlamm, schlank und zartgliedrig, und der Tod verlieh ihnen das Aussehen noch ganz kleiner Kinder mit von launenhaften Schnuten verzerrten Gesichtern. Wir haben die Stützpfeiler hochgehen lassen, der Lehm nahm die Kadaver zu sich zurück und wir haben uns zurückgezogen. Tag für Tag haben wir es wiederholt und jedes Mal hatte ich das Gefühl, dass bald auch ich selbst, mit schlagendem Herzen, eine anbetungswürdige Geliebte treffen werde, die bald darauf schon verenden würde. Als uns der Führungsstab des Generals Giap eine Atempause einräumte, indem er uns ein anderes Ziel anwies, haben Sie uns die Hand geschüttelt, haben erneut gemurmelt Warum ihnen ihren Job einfach machen, nicht wahr?, und haben sich leicht ins Abseits gesetzt, mit geschlossenen Augen. Nein, das war nicht die Hölle und ich fühlte mich mit einer unermesslichen Liebe erfüllt für jeden dieser erschöpften Männer, die um mich herum einschliefen unter schmutzigen und aufgeweichten Decken, vor allem aber für Sie, mein Bruder, mon Capitaine, denn Sie waren es, von dem diese Männer ihren Mut und ihre rätselhafte Schönheit schöpften, und ich weiß, dass diese ohne Sie wie von Wärme beraubte Gestirne erloschen wären. Empören Sie sich nicht, ich bitte Sie, ich habe das gute Recht, mein Bruder zu Ihnen zu sagen, wir wurden gemeinsam von derselben Schlacht hervorgebracht, unter den Wassern des Monsun, dieselben Schatten liebender Frauen haben sich über uns gebeugt und außerdem möchte ich Sie noch immer so nennen. Bestimmte Dinge dürfen nicht zerschlagen werden, auch nicht aufgrund von Verachtung. Ich habe Ihre Einsamkeit und Ihre Stille geliebt, mein Bruder, mon Capitaine, ich habe Ihren Frohsinn geliebt, es ist mir sogar gelungen, Ihre Frömmigkeit zu lieben, ich, der ich wusste, dass hinter den Wolken des Monsuns der unermessliche Himmel leer war und das Universum blind, und so begleitete ich Sie zur Messe, wo wir bei strömendem Regen der Moralpredigt eines verängstigten Anstaltskaplans zuhörten, der seinen Kelch hinter einem aus Brettern und verrostetem Gestänge gezimmerten Altar in die Höhe hielt und der, dem Zischen der 105-mm-Granaten gegenüber völlig gleichgültig, die fahlen Nacken der Offiziere sich alle gemeinsam hat neigen sehen, als würde das Gewicht einer unsichtbaren Berührung sie sanft Richtung Erde beugen. Ich versuchte, Ihre Gebete zu erraten. Was hätte uns noch zugestanden werden können? Wir waren ein zur Strecke gebrachtes Vieh, riesig und verletzlich, dessen Fleisch bereits vollkommen herausgerissen worden war, Stück um Stück, aber seit Hanoi beharrte man darauf, uns per Fallschirm unnützen

Nachschub abzuwerfen, der zeitgleich mit einer Myriade an Medaillen und Bibelsprüchen vom Himmel fiel, ebenso wie die von Unbekannten verfassten Liebesbriefe, die Beförderungserlasse, Champagnerflaschen, der funkelnde Stern, der den Colonel de Castries des Dankes versicherte, es ermöglicht zu haben, dass sein Name und derjenige der Frauen, die er geliebt hatte, für immer mit dieser Schlachterei in Verbindung gebracht werden würden, Ihre Litzen eines Capitaine und die zweite goldene Ordensspange, mit der mir das Privileg zugestanden wurde, in der Haut eines Oberleutnants einer aktiven Truppe zu sterben, und all die lächerlichen Dinge, die unseren Todeskampf beleuchteten wie ein Feuerwerk. An dem Tag, an dem uns der Befehl einer Waffenruhe erreichte, fiel die Stille auf uns nieder, schlagartig, nachmittags, ich erinnere es sehr genau. Ich war nicht gestorben und ich hatte vergessen, was Stille war. Mein Leben war jählings unbegründbar geworden. Wir haben unsere Waffen zerschlagen und ein paar Dinge in Fallschirmstofffetzen eingewickelt. Die Soldaten der Viet Minh traten aus dem Nebel hervor. Sie hatten uns auf dem, was als Luftabwehrgelände gedient hatte, zwischen den mit schwarzen Wassern angefüllten Kratern versammelt und nach Dienstgraden aufgeteilt. Die Russen installierten ihre Kameras. Etwas weiter weg stieg General de Castries mit einer Gruppe höherer Offiziere in einen Wagen. Wir sind wochenlang durch den Dschungel marschiert, unter dem Gewölbe riesiger Bäume, deren Kronen untereinander mit Seilen verbunden worden waren, wir haben Flüsse überwunden, sind unter einem Regen von Spucke durch Dörfer gezogen, sind ohne anzuhalten an Verletzten vorbeigekommen, die am Wegesrand saßen und uns aus ihren bereits wie spiegelleeren und kalten Augen ansahen, und Sie hatten weitaus früher als ich begriffen, mon Capitaine, dass sie dort von unseren eigenen Kameraden zurückgelassen worden waren, Sie hatten es sofort verstanden und ich hatte die Angst in Ihr Gesicht steigen sehen, während Sie mir immer wieder wiederholten Geben Sie Acht auf sich, Horace, jetzt noch mehr denn je, Sie kennen nichts von dem, dem Sie die Stirn werden bieten müssen, und wir sind weitermarschiert, bis zum Reeducation Camp, immer schneller, während wir die Unsrigen auf dem Wege sterben ließen. Es gab keinen Stacheldraht, nur die Finsternis des Dschungels. Man konnte hier und dort Erderhebungen ausmachen. Französische, skelettartige Soldaten, Überlebende der RC 4, lagen ausgestreckt auf einer durchnässten Plane. Wir bildeten eine Gruppe von gut vierzig untergeordneten Offizieren und es war das Ende der Welt. Nichts mehr verband uns miteinander. Ich war unfähig, es zu ertragen. Die Möglichkeit zu überleben hatte die Gewissheit des Todes ersetzt und sie verwandelte sich in ein lüsternes, gebieterisches Begehren, ein hündisches, das alles andere vertrieb, den Mut, die Würde der Verzweiflung, die gemeinsame Vergangenheit, und ich hatte mir mit dem ersten Tag bereits anhören müssen, wie uns Capitaine Lestrade, der sich jeden Morgen mit einem winzigen Klingenrest sorgfältig rasierte, um seine französische Offiziersehre zu bewahren, dazu riet, den Vorschlag der Vietnamesen anzunehmen, dass die jeweiligen Portionen Reis in Hinsicht auf den Dienstgrad ausfallen sollten. Beinahe murmelnd hatten Sie schlicht und einfach verkündet, dass Sie noch nie besonders viel Appetit besessen hätten und mit einer Ration zweiter Klasse zufrieden wären, ganz egal, welche Entscheidung getroffen werden würde. Ich erklärte, dass für mich das Gleiche galt. Ein Sous-Lieutenant, dessen glänzende Litze Zeugnis davon ablegte, dass er kürzlich erst befördert worden war, sagte Für mich auch eine Ration zweiter Klasse, und an seinem Akzent erkannte ich umgehend einen Landsmann. Einen Augenblick später wurden weitere Stimmen laut, aber ich wusste sehr genau, dass sie voller Erleichterung still geblieben wären, hätten Sie nicht gesprochen, und Capitaine Lestrade senkte stillschweigend den Blick. Ich bin auf den Sous-Lieutenant zugegangen und habe ihn gefragt, von wo er stamme. Er nannte sich Paul Mattei, Sie dürften sich an ihn erinnern, mon Capitaine, und während Sie ihm die

Hand schüttelten, habe ich beobachtet, wie Capitaine Lestrade Ihnen verstohlen einen scham- und grollerfüllten Blick zuwarf. Hatte er die Zeit, über die Niedertracht, die Nutzlosigkeit all dessen nachzudenken, hatte Capitaine Lestrade die Zeit, zu verstehen, dass einige Gramm zusätzlichen Reises nichts für ihn geändert hätten, hatte er die Zeit dazu, mon Capitaine?, bevor wir sein Grab ausheben sollten, keine drei Wochen später, unter einschlagenden Regengüssen, als unsere Muskeln bereits gelähmt davon waren, die Schaufeln immer und immer wieder bedienen zu müssen, um die vielen Gräber auszuheben, dasjenige von Lieutenant Thomas, dasjenige von Lieutenant Maury de la Ribière, diejenigen all jener Männer, die zu leben sich erhofft hatten und sich dennoch von den Trugbildern des Durstes haben in dem Maße verleiten lassen, dass sie wie Hunde verdorbenes Wasser schleckten, was sie dazu zwang, sich zwanzigmal täglich zu den Latrinen zu schleppen, bis sie auch dazu nicht mehr die Kraft besaßen und, einer nach dem anderen, in einer pestilenzialischen Lache aus Blut und Schleim mit dem Tod rangen und dabei immer noch in ihren Fieberdelirien vom Tag unserer Befreiung träumten, und während wir sie, einen nach dem anderen, hinunterwarfen in die Grube, sagten Sie immer wieder zu mir, mon Capitaine, dass so der nackte Mensch sei und dass seine Schwäche so gestaltet sei, dass sie unseren Hass nicht verdiene, und ich bewunderte Ihr unveränderliches Wohlwollen, auch wenn ich es weder teilen noch verstehen konnte, denn, ja, mon Capitaine, das war inzwischen mehr, als ich fähig gewesen wäre, zu ertragen, und ohne Sie hätte ich nicht überlebt, ich bin mir nicht sicher, ob ich Ihnen dafür danken sollte, aber ich weiß, dass ich nicht überlebt hätte, die Wut, die mich andauernd erstickte, hätte mich schließlich getötet, ich fühlte Ihre Wärme mich vor den ausgemergelten Kadavern, die wir unter dem Regen begruben, überfluten, diese karmesinroten Tücher verdunkelten mir den Blick bei jeder einzelnen Reeducation-Sitzung, während derer wir die Überzeugungsreden des Politkommissars zum Sinn der Geschichte und der

Ankunft des Neuen Menschen erleiden mussten, als wäre der Neue Mensch nicht schon längst da, vor ihm, in ebendiesem Augenblick, mager und stinkend, seine frei liegenden Zähne in der Kloake seines Zahnfleisches badend, wie es schon immer gewesen war, seit Anbeginn der Welt, und wie es für immer sein wird, Sie wissen es genauso gut wie ich, mon Capitaine, aber der Politkommissar leierte weiterhin seine Albernheiten runter und ich zitterte buchstäblich vor Wut angesichts seiner Jesuitenfresse, seines verständnisvollen und unbarmherzigen Lächelns, seines Lehrergehabes, er widerte mich derartig an, dass ich mich nicht zurückhalten konnte, zu ihm zu sagen, dass die Kommunisten keine andere Internationale als die des Gestanks aufgestellt hätten, ich konnte mich einfach nicht zurückhalten, mon Capitaine, und ich habe es zu ihm mit einer unsagbaren Erleichterung gesagt, möglicherweise in der Hoffnung, dass er mir eine Kugel in den Nacken jagen würde und diese ganze unzumutbare Komödie damit ein Ende fände, aber er bescheidete sich damit, mich untröstlich anzusehen, was meine Wut sich verhundertfachen ließ, und am Abend, als er vor mir zu stehen kam, hatte der Soldat, der die Nahrung verteilte, meinen Reis in den von blutigem Durchfall beschmutzten Schlamm geworfen. Sie hatten mir die Hälfte Ihrer Ration gereicht, wie sollte ich dies vergessen, mon Capitaine?, und ich habe zu Ihnen gesagt Nein, André, machen Sie das nicht, denken Sie an sich, aber Sie haben mir mit einem Augenzwinkern rezitiert Der Mensch lebt nicht vom Brot allein, und ich brach in Lachen aus, ich erinnere es sehr genau, das Fasten erschreckte mich nicht, ich träumte davon, mich von all meinen Organen zu befreien, meine von Krämpfen verzogenen Gedärme weit von mir zu werfen, mein Herz und meine Leber, ich träumte davon, die Quelle meiner Sekrete, die ich gegen meinen Willen noch immer produzierte, zum Versiegen zu bringen und rein und trocken zu werden wie Totholz, aber Sie haben mir zugezwinkert und ich brach in Lachen aus. Paul Mattei hat sich zu uns gesetzt und wir haben unsere Nahrung zu dritt geteilt, während die anderen an ihrer Reiskugel lutschten und wegblickten, als sie sie langsam unter die Zunge schoben, bis sie geschmolzen war. Oh, ich habe Sie so sehr geliebt, mon Capitaine, und wenn mich die Liebe nicht so radikal blind gemacht hätte, ich wäre dort gestorben, ich hätte Ihnen Ihren Reis ins Gesicht geschleudert und hätte mich nicht dazu überzeugen lassen, meine Selbstkritik zu vollziehen und öffentlich Hô Chí Minh meine Dankbarkeit zu bezeugen, damit der Politkommissar so gnädig sich erweise, den Befehl zu erteilen, mich wieder zu ernähren, denn alles, was ich an Ihnen liebte, war nichts anderes als die Maske eines maßlosen Hochmuts, mon Capitaine, Sie waren kein Schwachkopf wie Lestrade, Sie wussten sehr wohl, dass Ihre Ehre nicht von einer täglichen Rasur abhing, und die hohe Meinung, die Sie von sich selbst hatten, machte es erforderlich, dass Sie ununterbrochen die Komödie der Brüderlichkeit und Selbstverleugnung spielten, was Ihnen nicht besonders schwer fiel, denn in Wahrheit, mon Capitaine, waren Sie in diesem Lager wie zu Hause, Sie genossen die Rolle, die sie dort spielen konnten und in der Sie brillierten, das sei zugestanden, denn Sie hatten sich Ihr ganzes Leben lang auf sie vorbereitet, und wenn Sie sich angesichts der Kadaver von Lestrade, Maury de la Ribière und Thomas hinsichtlich des Begriffs des nackten Menschen haben darüber auslassen können, dass das abscheuerregende Schauspiel ihrer eigenen Nacktheit zielsicherer getötet habe als die Amöbenruhr, dann, weil Sie sich selbst im molligen Harnisch Ihres Hochmuts sicher fühlten. Ich zweifele nicht eine Sekunde lang, dass Sie eher gestorben wären, als sich zu der unbedeutsamsten Pedanterie herabzulassen, und Gott weiß, dass ich Sie dafür geliebt habe, mon Capitaine, obgleich zu sterben ja so einfach ist, ein Job ist das, den jedermann unfehlbar zu erledigen hat und der es nicht verdient, dass man über ihn in Verwunderung gerät, alle wissen darüber lang genug Bescheid, über das Sterben, die Scharfrichter wie die Märtyrer, die Helden wie die Feiglinge, die jungen, arglosen Bräute und die kleinen neunjährigen

Brautjungfern, oh nein, ich zweifle nicht daran, dass Sie mit Panasch und Würde zu sterben gewusst hätten, aber nichts widert mich mehr an als jene so sehr von sich selbst eingenommenen Männer, dass sie sich sogar darum sorgen, würdevoll zu sterben, Männer wie Sie, mon Capitaine, die ihre ganze Anstrengungen dem Ziel widmen, ihr Leben bis hin zur finalen Apotheose zu inszenieren, ich stelle mir vor, wie die Braut von Taghit heulen und ihre Wehklage vergeblich in die Wüste schreien musste, mein junger Seminarist, er hatte vielleicht seine Mutter angerufen und seinen Gott angefleht, an den er nicht mehr glaubte, dass er ihm zu Hilfe komme, Ihr Freund Tahar, er insbesondere hätte Sie ganz bestimmt enttäuscht, wenn Sie seinem Ende hätten beiwohnen können, sie sind alle dreckig gestorben, wie Menschen eben sterben, und das hat keinerlei Gewicht, wir hatten noch nie irgendwelcher Menschen bedurft, die zu sterben vermochten, wir bedurften Menschen, die zu siegen verstanden und ohne zu zögern bereit waren, dem Sieg alles zu opfern, was ihnen am heiligsten war, ihr eigenes Herz, ihre Seele, mon Capitaine, und Sie, der Sie den Tod noch nie gefürchtet haben, Sie hat die Aussicht auf den Sieg mit unbeschreiblichen Schrecken erfüllt und schließlich nackt dastehen lassen, Sie nun Ihrerseits, zum ersten Mal in Ihrem Leben, in der Feuchtigkeit der algerischen Keller, in denen die zitternde Nacktheit Ihrer Gefangenen Ihnen Ihr eigenes Bild zurückwarf, ohne dass Sie sich dagegen schützen konnten. Sie lagen falsch, mon Capitaine, heute weiß ich es, die Schwäche verdient sehr wohl unseren Hass, vor allem, wenn sie mit dem exorbitanten Preis einer zusätzlichen Niederlage bezahlt werden muss, und ich möchte Ihnen nicht verzeihen, wäre es auch im Namen der Liebe, die ich Ihnen zeugte und die mich so lange Zeit über blind gemacht hat, dass es mir unmöglich ist, dies zu vergessen, denn ich liebte Sie so sehr, dass ich mich zunächst sogar heiter fühlte, als man mir meinen Reis wieder austeilte, da Sie meinetwegen jetzt nicht mehr auf Ihre Nahrung zu verzichten hatten. Die Vietnamesen fügten dann unseren Rationen noch kleinste Fleisch- und Obststücke hinzu, die wir unter erhöhter Speichelproduktion gegessen haben, ohne etwa herausfinden zu wollen, warum uns dieses Privileg überhaupt zustand. Paul Mattei hatte gesagt Die werden uns freilassen, sie versuchen, uns ein wenig rundlicher zu machen, die werden uns freilassen. Mir wurde klar, dass es sehr lange her war, seit ich aufgehört hatte, an Befreiung zu denken. Ich hatte mich Stück für Stück in einer Welt eingerichtet, deren Grenzen diejenigen des Augenblicks nicht überschritten. Ich hatte mich dann neben Sie gesetzt auf der Plattform des Wagens, der uns in Richtung der Unsrigen brachte und in Richtung einer Welt, die so weit fort war, dass sie uns bereits vergessen hatte. In den Dörfern spuckte niemand mehr auf uns. Bevor sie uns wieder zu französischen Soldaten machten, kam der Politkommissar und schüttelte uns die Hände und niemand von uns verweigerte die Geste. Militärärzte haben uns in ihre Obhut genommen und mir genügte deren Blick, um den Grad meines körperlichen Verfalls ermessen zu können. Von unserer Gruppe waren wir siebzehn Überlebende. Wir hatten uns die Aufgabe, den Familien der Toten zu schreiben, wieder aufgeteilt und wieder war ich derjenige, der von Capitaine Lestrades letzter Stunde zu berichten hatte, von seiner und derjenigen der Lieutenants Thomas und Maury de la Ribière. Sie hatten mich gefragt, ich erinnere es sehr genau, mon Capitaine, Horace, fühlen Sie sich imstande, diese Briefe zu schreiben, da es zählt, wie sie ausfallen? Ich antwortete, dass ich es machen würde, und ich habe es gemacht, erinnern Sie sich, ich habe schon immer gewusst, dass Loyalität etwas der Wahrheit gegenüber unendlich Wichtigeres beinhaltet. Wir haben Ihren Schwager Jean-Baptiste wiedergefunden, in der Bar in Hanoi, die er, in der Erwartung, Sie dort zu treffen, nie verlassen zu haben schien, und wir haben, ohne auf etwas anzustoßen, getrunken, der Alkohol entflammte mich, ich ließ mich von einer Trunkenheit, so endgültig wie der Weltuntergang, davontragen und die Huren, durch und durch leidenschaftlich vor lauter Patriotismus, haben ihre unglaublich fleischigen Arme um unsere Hälse geschlungen, Paul Mattei vergrub sein Gesicht in den Brüsten eines lachenden Mädchens und ich hörte Ihre Stimme, die zaghaft von sich gab Ich bitte Sie, nehmen Sie es mir nicht übel, während Jean-Baptiste versicherte, seiner Schwester nichts zu sagen, und Sie zu ihm wiederholt sagten Nein, darum geht es nicht, und ich hörte auf, an Sie zu denken, mon Capitaine, ich zog das Mädchen nah an mich heran und fragte sie nach ihrem Namen, den sie flüsternd aussprach und dabei ihre Zungenspitze von meinem Ohr zu meinem Mundwinkel gleiten ließ, aber ich wollte sie nicht küssen, das anhaltende Zahnfleischbluten führte in meinem Mund zu einem Eisengeschmack, für den ich mich schämte, ich habe durch ihr Kleid hindurch ihren Hintern berührt und ich habe ihren Duft eingeatmet, auf dessen Grund noch der süßliche Geruch von Kadavern schwebte, bis sie mich dann in ein Zimmer führte, in dem ich den Wohlgeruch lebendigen Fleisches wieder zu erlernen hatte. Ich legte für geraume Zeit meinen Kopf auf ihren Bauch, der weich war wie der Schlamm, es gelang mir, in den Alkoholnebeln ihren Knöchel zu erhaschen, und als meine Finger ihren Fuß zart berührten, hörte ich, wie sie ein leicht amüsiertes Lachen unterdrückte. Noch einmal bat ich sie, mir ihren Vornamen zu nennen, und sie hat ihn wiederholt, mit starker und klarer Stimme, die in der Dunkelheit widerhallte, sie hat ihn wiederholt, aber, schauen Sie, mon Capitaine, ich erinnere mich seiner nicht mehr.

28. März 1957: ZWEITER TAG

Matthäus, XXV, 41–43

Mit jedem Morgen muss man der Scham, man selbst zu sein, erneut begegnen. Zuvor jedoch ist einem die Gnade einer heimlichen Atempause gegönnt. Der Traum der Nacht zersetzt sich und zieht sich zurück in die Finsternis, er lässt dabei nichts anderes im Herzen des Capitaine André Degorce bestehen als die vage Vorahnung einer zu leistenden Trauer. Er ist ohne Vergangenheit, ohne Familie, ohne Namen. Er liegt nur da, ausgestreckt in seinem Bett, die Augen weit geöffnet, auf eine Morgendämmerung hin, die er nicht wiedererkennt. Nichts existiert bislang auf dieser Welt als das unglaublich beruhigende Bild Tahars, wie dieser auf seinem Strohbett sitzt, gefesselt an Händen und Füßen, und irgendetwas Unsichtbares anlächelt. Capitaine Degorce würde gern noch die Süße der Vergessenheit genießen, aber er kann nicht umhin, sich zu fragen, wer dieser Mann sei, und er entsinnt sich auf brutalste Weise. Das Gedächtnis ist erbarmungslos.
(Ich bin ein Kerkermeister. Sein Kerkermeister.)
Zum Sitzen gekommen auf seiner Bettkante, betrachtet er voller Abscheu seine nackten Beine, die Gänsehaut, von Kälteschauder durchlaufen, die borstigen Haare auf der aschfahlen Haut seiner Schenkel. Er kleidet sich unter dem Eindruck, den Blicken ein

abstoßendes Geheimnis zu entziehen, an und schluckt eine große Tasse lauwarmen Kaffees hinunter, der ihm Übelkeit verursacht. Er raucht mehrere Zigaretten am offenen Fenster und atmet dabei tief die feuchte und kühle Luft ein. Ein gelbes Licht erhellt den Horizont und von der Casbah her ertönt der Aufruf zum Morgengebet. Als der Muezzin endet, erscheint oberhalb der Gebäude die Sonne. Capitaine Degorce geht durch die menschenleeren Flure. Er hört Gemurmel und Klagen hinter den Türen der Zellen. Zwei Harkis wischen mit Elan einen Befragungsraum. Adjudant-Chef Moreau, auf einer Ecke des Tisches sitzend, scheint von einer missmutigen Kontemplation der Keramikfriese in den oberen Ecken des Raumes in Anspruch genommen zu sein – Mäander abstrakt gehaltener Blumen, gelb, grün und blau, die unter dem kalten Licht der elektrischen Glühbirne merkwürdig glanzlos wirken. Einer der beiden Harkis lässt seinen Schrubber fallen, um in Habachtstellung zu gehen, der andere drückt ihn im Gleichgewicht an sich und tut das Beste, um eine möglichst regelgemäße Haltung einzunehmen. Capitaine Degorce gibt ihnen zu verstehen, dass sie weitermachen mögen, und geht zum Handschlag auf Moreau zu, der sich erhebt, um ihn zu grüßen.
– Wie geht's, mon Capitaine? Mögen Sie Kaffee? Wir haben frisch gebrühten.
Der Capitaine bekundet sein Einverständnis und betrachtet dabei das grau schäumende Wasser auf den Bodenfliesen.
– Gern, Moreau. Der, den ich eben getrunken habe, war wirklich furchtbar.
Er folgt dem Adjudant-Chef in ein kleines, zu einer Behelfsküche ausgebautes Zimmerchen. Sie trinken ihren Kaffee schweigend. Capitaine Degorce stellt seine Tasse ab und verzieht sein Gesicht.
– Der schmeckt auch nicht besser. Aber gut, zumindest ist er warm.
Moreau deutet ein Lächeln an.
– Erlauben Sie mir, mit Ihnen über etwas zu sprechen, mon Capitaine? In aller Offenheit?

– Das ist die dümmste Frage, die ich je gehört habe, Moreau, sagt Capitaine Degorce voller Humor. Wie soll ich denn Ihrer Meinung nach wissen können, ob ich es Ihnen erlauben soll, ohne zu wissen, um was es sich handelt. Sprechen Sie nur ganz offen. Ich werde Ihnen dann schon sagen, ob Sie nicht besser geschwiegen hätten.
Moreau zieht aus seiner Tasche ein Päckchen zerknautschter Gitanes. Er entnimmt ihm zwei Zigaretten, die er lange Zeit glattstreicht, bevor er dem Capitaine eine anbietet. Er greift erneut in seine Taschen auf der Suche nach Streichhölzern.
– Lassen Sie die Katze aus dem Sack, mein Freund!, drängt der Capitaine und reicht ihm sein Feuerzeug.
Moreau nimmt sich noch die Zeit, einen tiefen Zug zu machen.
– Es ist wegen Febvay.
– Febvay?
– Sergeant Febvay, mon Capitaine.
– Ja, und? Haben Sie ihn mir noch nicht nach Tamanrasset geschickt?, fragt Capitaine Degorce und er hasst es, seine Stimme voller trügerisch ungezwungener Heiterkeit zu hören.
Moreau beschließt, ostentativ nicht zu lächeln, und schaut ihn aufmerksam an, während er an seiner Zigarette zieht.
(Ich bin zu nichts mehr zu gebrauchen. Zu gar nichts mehr.)
– Das genau ist der Punkt, mon Capitaine. Ich wünschte mir, dass Sie Ihre Entscheidung überdenken. Ich glaube, dass es nicht gerecht ist, mon Capitaine. Febvay ist ein guter Kerl.
– Ein guter Kerl, wiederholt Capitaine Degorce. Ein guter Kerl.
Er zwingt sich dazu, den in das Geschlecht des Mädchens gerammten Revolver zu vergegenwärtigen, das heitere Gesicht des Sergeant, und noch einmal wiederholt er, beinahe murmelnd: »Ein guter Kerl ...«, und hofft darauf, dass die Wut ihn rettet und ihn mit sich trägt, aber nichts passiert. Es gelingt ihm nicht einmal, sich betroffen zu fühlen.
(Ich sollte woanders sein, ganz einfach woanders.)
Er schließt für einen Moment die Augen und die Worte steigen auf.

– Ich werde mit Ihnen nicht über Ihre offensichtlich interessante Vorstellung dessen, was ein guter Kerl ist, diskutieren, Moreau, denn es interessiert mich nicht und darum geht es hier auch gar nicht, verstehen Sie, ganz und gar nicht. Lassen Sie mich Ihnen erklären, um was es hier geht, und wenn Sie es Ihrerseits verstanden haben, werden Sie vielleicht versuchen können, mir auf effiziente Weise zur Hand zu gehen und dafür Sorge zu tragen, dass die Männer es niemals vergessen, anstatt mir mit der Zusammenfassung ihrer morgendlichen Gedanken zu kommen: es geht um den Sinn unseres Einsatzes, Moreau, es geht um das, was ihn rechtfertigt, und das wiederum ist sehr einfach, sehr, sehr einfach. Unser Vorgehen hat nur Sinn, weil es effizient ist, es ist moralisch gesehen nur akzeptabel, weil es effizient ist, und weil es uns ermöglicht, Leben zu retten ... unschuldiges Leben, Effizienz ist unser einziges Ziel und zugleich ist es wiederum die Effizienz, die uns unsere ... unsere Grenzen setzt, sollten wir sie je aus dem Blick verlieren ...
– Aber nein, mon Capitaine, wir ...
– Maul gehalten, wenn ich rede, Adjudant-Chef, Maul gehalten!, sagt Capitaine Degorce schroff und ist sich seiner wiedergefundenen Autorität vollkommen bewusst. Begnügen Sie sich damit, zuzuhören und das Maul zu halten, bis ich Ihnen wieder das Wort erteile, gut, sollten wir die Effizienz je aus dem Blick verlieren, sollten wir den Febvays erlauben, sich abzureagieren und eine perverse Lust auszuleben, eine geile Lust an ... am Ablauf des ... Verfahrens, dann sind wir nicht länger Soldaten, die ihren Einsatz erledigen, dann sind wir ... ich weiß nicht, was wir dann sind. Ich möchte es mir nicht einmal ausmalen müssen. Haben Sie mich verstanden?
– Ja, mon Capitaine, ich verstehe Sie. Febvay hat eine Dummheit begangen, eine riesige Dummheit, da bin ich ganz Ihrer Meinung. Und ich habe ebenfalls eine Dummheit begangen, als ich es zuließ.
– Da haben Sie ganz recht, Moreau. Lenken Sie aber meine Aufmerksamkeit nicht zu sehr auf diesen Aspekt des Problems.

Capitaine Degorce gießt sich eine weitere Tasse Kaffee ein, ohne von Moreau den Blick abzuwenden. Er hatte soeben ehrenhafte und vernünftige Beweggründe für ein Verhalten gefunden, das am Vorabend, da er sämtliche Kontrolle über sich selbst verloren hatte, durch nichts anderes motiviert gewesen war als die extreme Belastung seiner blank liegenden Nerven. Besonders irritierend war jedoch, dass er nicht einmal die Argumentationskette, die ihn freisprach und rechtfertigte, hatte ausarbeiten müssen, sie war bereits vorhanden, war umgehend da, er hatte sie bereits zigfach aus dem Mund seiner Vorgesetzten gehört, und dass er sie sich jetzt mit derart viel Gewandtheit und Überzeugungskraft hatte zu eigen machen können, indem er sie bis ins kleinste Detail hinein mit seinen Verzögerungen, seinen Schamgefühlen und Euphemismen nachbildete, lag nicht etwa daran, dass er nicht ihr Urheber gewesen wäre, sondern daran, dass es ihm vollkommen genügte, sich von dem machtvollen Strom durchfließen zu lassen, der ihn durchlief wie Abwasser einen Kanal, ein Strom an Worten, deren makellose Verkettung ihm weder seine Kollaboration noch seine Zustimmung abverlangte. Und dennoch hatte er ja jedes Mal, wenn er diesen Diskurs selbst vortragen hörte, besonders in der unerschrockenen Interpretation, die der Colonel ihm stets verlieh, eine außergewöhnliche Abneigung verspürt und war bei jedem einzelnen Wort vor Ekel erschaudert, und zwar nicht, weil eine schamlose Lüge vorlag, sondern weil im Herzen dieser schamlosen Lüge die Wahrheit selbst sich in ihrer reinsten Form zeigte, vollkommen unbestreitbar, eine Wahrheit, auf die er keinerlei Einfluss hatte und die sie alle zusammen einschloss, sie alle, Moreau, Febvay, den Colonel, ihn selbst, alle, in ihre eisige Umarmung.

– Eine Dummheit, ich weiß, mon Capitaine, wiederholt sich Moreau. Aber jeder macht Dummheiten. Wir sind Menschen.

Capitaine Degorce antwortet nicht.

(Wir sind Menschen. Das ist der Fehler, nicht die Entschuldigung. Der Fehler.)

– Es ist nicht grade einfach hier, verteidigt Moreau seine Sache weiter. Wir sind hier am Arsch der Welt.
– Meiner Kenntnis nach, sagt Capitaine Degorce, um Ihre elegante Metapher aufzugreifen, kennt die Welt viele Ärsche.
Moreau lächelt schwach.
– Nun, mon Capitaine?, fragt er ihn. Er hat von Ihnen bereits eins in die Fresse bekommen. Könnte das nicht reichen? Bitte.
Capitaine Degorce weiß, dass er nichts mehr riskiert, wenn er sich hochherzig zeigt. Febvay ist ihm egal. Wenn er ihn von sich weist, wird man ihm einen anderen Febvay zuspielen. Was sie voneinander mehr schlecht als recht unterschied, haben die Menschen verloren. Sie gleichen einander alle.
– Sehr gut, Moreau. Sagen Sie Febvay, dass die Sache geregelt ist. Und sagen Sie ihm auch, dass er es vermeiden soll, mir in den nächsten Tagen auf den Fluren zu begegnen, und zwar so lange, bis ich mich völlig beruhigt habe.
Adjudant-Chef Moreau legt ihm voller Dankbarkeit die Hand auf den Arm.
– Danke, mon Capitaine. Danke.
Capitaine Degorce fragt sich einen Moment lang, warum Moreau wohl so sehr daran gelegen sein mag, Febvay bei sich zu behalten, im Namen welch gemeinsamer Vergangenheit, welch blinder Leidenschaft, welch väterlichen Schutzgefühls. Er könnte versuchen, es herauszufinden, er könnte eine herzensoffene Unterhaltung mit Moreau führen, die zähflüssige Gesteinsmasse zerschlagen, die ihn erstickt, sobald er Worte ausspricht, die ihm wirklich eigen wären, stattdessen jedoch fühlt er sich erneut von dem Wunsch gepackt, sich woanders aufzuhalten, nämlich dort, inzwischen ist es ihm klar, wo er seit seinem Erwachen längst hätte sein sollen.
– Sagen wir, dass ich das für Sie mache, Moreau.
– Danke, mon Capitaine.

Capitaine Degorce geht aus dem Zimmer und sagt: Ich werde Hadj Nacer aufsuchen. Er macht ein paar Schritte, kehrt sich dann zum Adjudant-Chef um.

– Benötigen Sie mich heute Morgen?

– Ich habe Informationen nachzuspüren, mon Capitaine. Einen Typen einzusammeln. Aber ich kann mich sehr gut allein darum kümmern.

*

Er ist regungslos auf seinem Strohbett, wie in den Träumen des Capitaine, aber dabei so ruhig, dass man ihn im kühlen Schatten eines Palmengartens sitzen wähnen könnte, irgendwo in Timimoun oder Taghit, wo er über eine schmutzige Mauer hinweg die Dünen sich schlängeln sieht unter Berührung eines lauen Windes und dabei vollkommen vereinnahmt ist von sanften und mysteriösen Dingen, die nur ihm vorbehalten sind.

– Guten Tag, sagt Capitaine Degorce und kann sich noch im letzten Augenblick davor zurückhalten, hinzuzufügen: »Haben Sie gut geschlafen?«

Tahar grüßt ihn mit einem Kopfnicken.

– Ich habe keine Neuigkeiten, die Sie betreffen würden. Ich werde aber sicherlich noch heute Vormittag welche erhalten.

– Das ist nicht weiter schlimm, antwortet Tahar.

Der Capitaine bleibt einen Augenblick lang stehen, bevor er sich seinem Gefangenen gegenüber auf den Boden setzt. Er fühlt sich verpflichtet, seine Anwesenheit zu erklären, er sucht nach irgendeinem Vorwand, findet aber nichts anderes zu sagen als die

Wahrheit, und die Einfachheit der Wahrheit erfüllt ihn mit einem unermesslichen Wohlgefühl.

– Wenn Sie nichts dagegen haben ... ich verspürte den Wunsch, mich mit Ihnen zu unterhalten. Wenn Sie nichts dagegen haben. Ich möchte Ihnen nicht lästig fallen.

– Wir können reden, Capitaine, sagt Tahar. Wir können reden.

Capitaine Degorce lehnt sich sanft nach hinten, gegen die feuchte Wand, die Augen halb verschlossen. »Ich bin nicht mit mir im Reinen«, sagt er leise und fügt noch ruhiger, beinahe für sich selbst, hinzu: »Oh nein, ich bin mit mir nicht im Reinen ...« Eine schmerzhafte Empfindung drückt auf seine Brust. Er hätte diese Worte Jeanne-Marie gegenüber äußern können, anstatt ihr andauernd die gleichen Schablonensätze zu schreiben, die einzigen, so macht es den Anschein, die sein Geist von nun an fähig ist zu produzieren, und zum Preis einer so mühseligen Arbeit, wenn er versucht, sich seiner Frau und seinen Kindern zuzuwenden, und natürlich hätte Jeanne-Marie ihn nicht verurteilt, im Gegenteil, sie hätte tausendmal lieber seine Martern und Zweifel mit ihm geteilt, als so die Geduld ihrer Liebe gegen die Festungsmauern einzusetzen, die er Tag um Tag höher um sein Herz herum errichtet hat, sein von Schweigen erfülltes Herz, auch hätte er eine Unterredung mit dem Colonel beantragen und ihm ebendiese Worte sagen können, ohne Ausflüchte, wie es sich für einen freien Mann geziemt, dem seine Handlungen das unbestreitbare Recht einräumen, sich auszudrücken, wie er es will, und was sollte es ihm auch schon anhaben, dass dieser Knallkopf ihn nicht verstehen oder auch anmaulen würde oder sogar drohen könnte, ihn unter Arrest zu stellen? Er hatte die Wertschätzung des Colonel gar nicht nötig, es wäre jedoch zunächst vonnöten gewesen, dass er diese Worte zu sich selbst gesagt hätte, dass er ihnen in aller Verlassenheit gegenübergetreten wäre, um das furchterregende Gewicht zu bemessen, das ihnen eignete, es wäre vonnöten gewesen, dass er sich dessen bewusst geworden wäre, bevor er sich jetzt an einer

so verheerenden Überschreitung schuldig machte und sie hier aussprach, einem gefesselten Mann gegenüber, den er über Wochen gejagt hatte und der sein Feind blieb, ein Mann, der den Tod unschuldiger Zivilisten angeordnet hat und die Hände ihrer Mörder mit Waffen versah, und zwar wiederholtermaßen, ein Mann, der Tod säte und Terror und der so seelenruhig und leicht zu sein wirkt, als hätte all dies vergossene Blut nicht mehr Gewicht als ein vom Wind gepeitschter Gewitterregen. Und eben all dieser Gründe wegen, Capitaine Degorce weiß es genau, können diese Worte nur ihm gegenüber ausgesprochen werden.
– Ich verstehe, murmelt Tahar.
Die Sanftheit seiner Stimme beunruhigt den Capitaine Degorce plötzlich auf entsetzliche Weise.
– Nein, sagt er mit lauter Stimme, ich bin nicht mit mir im Reinen. Obgleich ich gestern, wissen Sie, als ich zu Ihnen sagte, dass alles zu Ende sei, nun, ich wollte Sie da nicht beeindrucken oder was auch immer, ich wollte keine übertriebene Siegesgewissheit, ganz und gar nicht, ich habe dies zu Ihnen gesagt, weil es wahr ist, es ist zu Ende, es ist nur eine Frage der Zeit, würden Sie in mein Büro treten, Sie würden sich dessen unmittelbar bewusst werden, Sie würden das Organigramm erblicken, Ihre Organisation ist beinahe komplett zerschlagen, ihre vollständige Zerschlagung ist unausweichlich, ganz ehrlich, und von daher ist es zu Ende, aber dieser Sieg, dieser Sieg hier ...
Der Capitaine zuckt mit den Schultern.
– ... ich nehme an, dass es weniger schmerzhafte Siege geben dürfte, Siege, auf die man stolz sein kann. Wie auch immer, sagen wir, dass dieser jetzt kein solcher ist und ich persönlich es vorgezogen hätte, nicht an ihm beteiligt gewesen zu sein.
Er zündet zwei Zigaretten an und reicht eine davon Tahar.
– Warum?, fragt Tahar mit ernsthaftem Interesse. Ich glaube ja keineswegs daran, an Ihren Sieg, aber Sie, wenn Sie sich so sicher sind, dann warum?

– Sie wissen warum, sagt Capitaine Degorce.
– Nein, ich weiß es nicht, insistiert Tahar. Sagen Sie es mir.
Capitaine Degorce verteilt mit seiner offenen Hand den Rauch und zieht sich für einen Augenblick zurück ins Schweigen.
– Sie wissen, sagt er schließlich, dass ich der Résistance angehörte – und er hält sich noch rechtzeitig davor zurück, dümmlich hinzuzufügen: »Auch ich«. Und ich wurde festgenommen. 1944. Festgenommen und befragt.
Er hat dies Hunderte Male zugegeben, stets im Ton des Vertrauens, algerischen Gefangenen gegenüber, wie auch noch am Vorabend bei Abdelkrim, indem er den Schwachstellen auflauerte, jedes Mal den günstigsten Moment abwartete, um daraufhin einen scheinbar menschlichen Kontakt mit seinem Gesprächspartner aufzubauen oder aber diesen dazu zu bringen, zu denken, dass das, was er eben erst erlitten habe, banal gewesen wäre oder lächerlich oder, ganz im Gegenteil, um ihn eine vorgetäuschte menschliche Schwäche flüchtig erblicken zu lassen, die ihm dann umgehend wieder Vertrauen zu sich selbst einflößen würde, ohne dass er sich darüber im Klaren wäre, dass ebendieses Vertrauen sein Verderben ist. Capitaine Degorce hat gelernt, seinen Satz zu modulieren, indem er eine seinem Ziel exakt entsprechende Ausdrucksweise annahm, seinem Gesicht die Maske des Mitempfindens, der Willensschwäche oder der hochfahrenden Verachtung auflegte, und jedes Mal hatte er sich so sehr auf dieses Ziel konzentriert, dass er darüber vergaß, von Ereignissen gesprochen zu haben, die tatsächlich stattgefunden hatten. Heute jedoch ist kein Ziel im Spiel, zum ersten Mal, die Worte führen ihn zurück in die Räume der Gestapo von Besançon, wo zwei Männer, deren Gesichter, nicht aber deren Geruch nach Tabak und Eau de Cologne er vergessen hatte, langsam um ihn herumgehen und dabei mit extremer Sorgfalt ihre Ärmel in der Junihitze zurückschlagen. Er versteht den Sinn ihrer Inszenierung und er versucht, ruhig zu atmen, ohne sie mit den Augen zu verfolgen, es will ihm jedoch nicht gelingen, seinen Herzschlag

zu kontrollieren. Einige Wochen zuvor, als Charles Lézieux, sein Mathematiklehrer im Vorbereitungskurs zur Aufnahmeprüfung an der ENS, sich darauf eingelassen hatte, ihm eine heimliche Plakatierungsaktion anzuvertrauen, einen recht armseligen Einsatz, hatte er zu ihm gesagt: »Wenn Sie das Pech haben, erwischt zu werden, André, dann versuchen Sie nicht, den Helden zu spielen. Versuchen Sie, vierundzwanzig Stunden lang nichts zu sagen. Vierundzwanzig Stunden. Das wird reichen.« Und gefesselt auf einem Stuhl, die beiden Männer gehen noch immer mit der Ruhe eines Raubtieres um ihn herum, beschäftigt sich André Degorce mit nur einer einzigen Frage: Wird er fähig sein, vierundzwanzig Stunden durchzuhalten? Diese Frage beschäftigt ihn vollständig, sie hält ihn davon ab, an die aufmerksame Liebe seiner Eltern zu denken, an seinen Traum, die Aufnahme an der ENS zu schaffen, an die langen Spaziergänge der Frühlingsabende nach Unterrichtsschluss entlang der steilen Ufer des Doubs in Begleitung von Lézieux, an die lustigen Augen einer unbekannten Gymnasiastin, der er nie mehr begegnen wird, an die süße Wärme der Mitternachtsmessen seiner Kindheit, alles Dinge, deren Erinnerung darauf wartet, sich in seine Seele zu schleichen, um ihn zu berühren und zu beugen, bis er brechen würde unter dem Gewicht der Traurigkeit, und als einer der Männer schließlich seine Hand auf ihn niederknallt und der Siegelring, den dieser am Ringfinger trägt, ihm die Lippe aufplatzen lässt, ist er beinahe darüber erleichtert, denn er weiß, dass die Antwort bald erfolgen wird. Ja, es ist wahrlich eine Erleichterung, er erinnert sich ganz genau, denn die Hoffnung und die Angst waren auf brutale Weise vertrieben worden vom souveränen Einbruch der körperlichen Gewalt, die auch das Gedächtnis zerlegt, den Gedanken und die Zeit, aber die Antwort sollte nicht erfolgen, sie erfolgte nie, sämtliche Augenblicke wurden sonderbarerweise aufgehoben oder gedehnt, eine Sekunde folgt auf eine weitere, sie werden vom Nichts geschluckt oder erstarren, um die Ewigkeit zu konstituieren, und vierundzwanzig Stunden haben keinerlei Bedeutung mehr. Capitaine André Degorce sieht sich wieder, wie er nackt auf dem Boden liegt, die Knie an die Brust gezogen, nicht mehr wissend, welchen Teil seines Körpers er schützen soll, die beiden Männer beugen sich über ihn mit einer übernatürlichen Langsamkeit, er riecht ihren Geruch, den warmen Hauch ihres Atems, eine Glühbirne ist da, ein offenes Kabel, das trübe Emaille einer Badewanne, ein Firmament aus Seifenwasser, das nach Blut schmeckt, er ist plötzlich allein, er atmet gierig, eine Hand zieht an seinen Haaren, er hat sich entleert und er hört eine trostlose Stimme, die voller Enttäuschung sagt Du bist wirklich ein Schwein, mein Junge, ein widerliches Schwein, wo hat man dich bloß erzogen?, seine gebrochenen Rippen lassen ihn wimmern wie ein Neugeborenes, aber er verspürt keine Schmerzen mehr, der Schmerz ist zur intimen Substanz seines Wesens geworden und er verzögert Sekunde um Sekunde den Moment des Bekenntnisses, den köstlichen Moment, an dem er den Namen seines Mathematiklehrers wird preisgeben können, der einzige Name, den er kennt, er hält ihn zurück, bis man ihn, ohne dass er etwas gesagt hätte, in eine Zelle sperrt, aus der er dann nur noch herausgetreten ist, um nach Buchenwald transportiert zu werden. Im Sammellager hatte er in Erfahrung gebracht, dass seit seiner Festnahme zehn Tage vergangen waren, nie aber hatte er herausgefunden, wie lange die Befragung gedauert hat. Auf dem Bahnsteig erzeugen ihm die Gerüche des Sommers und die Unermesslichkeit des Himmels Schwindel und als sich die Türen des Waggons hinter ihm schließen, branden mit einem Male sämtliche Erinnerungen seiner jungen Existenz, die die Herrschaft des Schmerzes bislang von ihm ferngehalten hatte, gemeinsam hoch, lösen sich auf und finden sich zu einem einzigen Gefühl von absoluter Einfachheit zusammen, dem stechenden Gefühl der Süße des Lebens, er ist neunzehn Jahre alt, Schluchzer würgen ihm die Kehle und wenn ihm irgendjemand in diesem Augenblick versprochen hätte, dass er zurück zu sich nach Hause kehren und seine Mutter wiedersehen könne, er hätte alles, was dieser hätte hören wollen, ausgesagt. Seine Folterknechte von der Gestapo hätten dies wissen müssen, hätten ihm die Atempause zugestehen müssen, die ihnen seine Seele aufgeschlossen hätte, was er jedoch zugeben hätte können oder auch nicht, war ihnen völlig gleichgültig, sie wollten ihn schlichtweg nur erproben und bestrafen. Sie bedurften keiner Information mehr, da Charles Lézieux eine Stunde vor ihm bereits festgenommen worden war, im Moment, als er sich anschickte, ihn zu treffen, und ein Geheimnis, das zu schützen gewesen wäre, hatte es nie gegeben.

Während all dieser Jahre hatte er nicht mehr wirklich daran zurückgedacht: die Kriege, die er führte, hatten ihm keine Zeit dazu gelassen und die zehn Monate, die er in Buchenwald war, breiteten sich hinter ihm aus wie eine unermesslich weite, gräuliche Steppe, die sein Leben in zwei teilt und ihn für immer von dem verlorenen Kontinent seiner Jugend trennt, aber vergessen hat er nicht. Der Monat Juni 1944 hat sich heimlich in sein Fleisch eingenistet, um in ihm den Abdruck eines unvergänglichen Wissens einzuschreiben, das ihm erlaubt, seinen Unteroffizieren zu erklären: »Meine Herren, das Leiden und die Angst sind nicht die beiden einzigen Schlüssel, die uns die menschliche Seele aufschließen. Sie sind sogar manchmal uneffektiv. Vergessen Sie nicht, dass es ihrer auch andere gibt. Heimweh. Hochmut. Traurigkeit. Scham. Liebe. Achten Sie aufmerksam auf denjenigen, der Ihr Gegenüber ist. Versteifen Sie sich nicht unnötig. Finden Sie den Schlüssel. Es gibt immer einen« – und er hat jetzt die absurde und unzumutbare Gewissheit, dass er neunzehnjährig aus keinem anderen Grunde verhaftet worden war, als um zu lernen, wie ein Einsatz zu erfüllen wäre, den man ihm dreizehn Jahre später in Algerien überantworten sollte. Dies aber kann er Tahar nicht mitteilen.

– Sie selbst wurden 1944 befragt, wiederholt Tahar. Ja, verstehe, jetzt verstehe ich.

Sein achtsames und ehrlich betrübtes Gesicht reizt Capitaine Degorce.

– Es sind Ihre Methoden!, sagt er schroff. Es sind Ihre Methoden, die uns zwingen ...

Er drückt die Zigarette auf dem Boden aus und wirft die Kippe in eine Zellenecke.

– Sie lassen uns keine Wahl!, sagt er und hält sich erneut noch im letzten Moment zurück, hinzuzufügen: »Was soll man denn machen?«

– Das ist merkwürdig, murmelt Tahar verträumt.

– Was ist merkwürdig?

– Ja, das ist merkwürdig, fährt Tahar fort, wissen Sie, ich, ich war mir sicher, dass wir es sind, denen hinsichtlich der Methode keine Wahl bleibt.

Capitaine Degorce betrachtet ihn sehr lange.

(Die Logik kann sich wenden wie ein Handschuh. Die Lüge. Die Wahrheit.)

Er hat seine Ruhe wiedererlangt. Er will nicht mehr über den Krieg sprechen. Man hatte Tahar die Schuhe abgenommen und er trägt gestopfte Strümpfe. Capitaine Degorce ist davon merkwürdig irritiert.

– Ich habe Sie es bislang gar nicht gefragt: Möchten Sie einen Tee oder Kaffee? Möchten Sie sich waschen? Ich sage es Ihnen im Vorhinein, der Kaffee schmeckt furchtbar ...

Ein Soldat betritt die Zelle: Mon Capitaine? Sie werden gerufen. Der Colonel verlangt nach Ihnen am Telefon. Capitaine Degorce erhebt sich.

– Ich werde wiederkommen, sagt er zu Tahar.

Er wendet sich dem Soldaten zu. Sie bleiben hier bei ...

Er weiß nicht, wie er Tahar nennen soll. Er möchte nicht »dem Gefangenen« sagen, auch nicht seinen Kriegsnamen benutzen oder ihn »Monsieur« nennen.

– Wie lautet Ihr Dienstgrad bei der ALN?, fragt er Tahar.

– Ich bin Colonel der ALN.

– Sie bleiben bei Colonel Hadj Nacer, hebt er erneut an, und sorgen Sie dafür, dass er erhält, was er benötig. Und geben Sie ihm seine Schuhe zurück, wenn er es wünscht.

*

– Wissen Sie eigentlich, in was für eine beschissene Situation Sie uns gebracht haben, Degorce? Ist es Ihnen klar? Ich hoffe, dass Sie eine miserable Nacht gehabt haben, eine richtig miserable Nacht, wie ich. Was werden wir bloß mit ihm anstellen, mit ihrem Hadj Nacer? Ich schwöre Ihnen, es wäre mir lieber gewesen, er hätte bei seiner Festnahme etwas Widerstand geleistet, dieses Dreckschwein, das hätte unsere Zwecke erfüllt, glauben Sie mir ...
– Ich verstehe nicht so recht, Herr Colonel: Sie waren gestern doch sehr zufrieden.
– Ja, gut, ja ja, so ist das Leben, alter Knabe, man ist zufrieden und dann ist man es nicht mehr ... So ist das ... Man denkt nach ... Man sieht die Dinge in einem anderen Licht ... Aspekte, die man bislang nicht bedacht hat ... Komplikationen ... Guter Gott, das ist doch so schwierig nicht zu verstehen! Denken Sie denn nie nach, Mann? *(Man hat dem Trottel den Kopf gewaschen.)*
– Kann vorkommen, mon Colonel.
– Und Hadj Nacer, wie ist er drauf? Deprimiert?
– Sie haben ihn gestern gesehen, Herr Colonel. Nein, er ist nicht deprimiert. Natürlich nicht.
– Und die Sicherheit? Besteht kein Risiko, dass er ausbricht? Oder es versucht?
– Nein, mon Colonel.
– Sicher? Absolut sicher?

– Ja, mon Colonel. Ganz sicher.
– Gut ... Gut ... Sehr gut ...
– Wann wünschen Sie, dass ich ihn der Justiz übergebe, mon Colonel? Sobald das erledigt ist, haben wir kein Problem mehr.
– Ich bitte Sie nicht um Ihre Meinung, Degorce. Ich werde Sie im Laufe des Tages noch einmal anrufen, um Ihnen Anweisungen zu erteilen.

*

Die Morgenpost. Jeanne-Marie. Seine Eltern. Marcel. Capitaine Degorce berührt die Umschläge und erneut erscheint ihm das Bild von Claudie, diesmal so unglaublich klar: Sie liegt ausgestreckt in einem Bett unter schweren, weißen Decken, die Nasenlöcher verkniffen in ihrem leichenblassen Gesichtchen, die Augen umrandet von einem blauen Schatten und ein aufgerollter Rosenkranz um ihre steifen Finger. Ihre Großeltern stehen um sie herum, ihre Onkel und Tanten, ihre Mutter, die Jacques an der Hand hält, und selbst Marcel, in bester Verfassung, der, man weiß nicht wie, seiner afrikanischen Verfluchung entkommen ist; als Einziger fehlt er selbst und seine Abwesenheit ist so natürlich, dass sie niemand bemerkt. Er ist vielleicht noch in Algerien, vielleicht in einem angrenzenden Zimmer, wo seine Schuld ihn für immer eingesperrt zurückbehält. Seine morbiden Träumereien sind mechanisch geworden, sie verängstigen ihn nicht mehr wirklich, obwohl er sich nicht davon abhalten kann, sich ihnen hinzugeben.
(Mein Gott, mein Gott, welch Erbarmen ...)
Er öffnet die Briefe und überfliegt einen nach dem anderen.

»André, mein Kind, mein Geliebter, Claudie und Jacques sind heute besonders mühsam, es ist für sie wirklich wichtig, dass ...«
»Mein geliebter Sohn, die Gesundheit Deines Vaters, der bis jetzt ...«
»... und dieses Mal ist es ein furchtbarer Durchfall, der mir keine Ruhe lässt und mich unendlich ermüdet ...«
Wofür all diese Nachrichten? Was gehen sie ihn noch an? Was soll er mit ihnen anfangen? Er würde lieber keine Briefe mehr erhalten. Keine mehr schreiben. Er wäre gern zurückversetzt in den Frühling 1955, ins Hotel in Piana. Er schlackerte damals noch in seinen Kleidern, sein Magen bereitete ihm Leiden, sobald er etwas zu Schweres gegessen hatte, aber der Himmel war so klar. Claudie hatte sich ihren Knöchel verrenkt, als sie durch den Sand gelaufen war, und er hatte ihr sanft den Fuß massiert, während sie ihn anschaute und dabei von Zeit zu Zeit ihr Gesichtchen verzog vor Schmerz, woraufhin er mit mitleidsvollen Ausrufen reagierte, die sie zum Lachen brachten.
»... und wir versichern Dich unserer Zuneigung ...«
»... André, wir lieben Dich so sehr ...«
In Piana war sein Herz nicht leer. Er hatte sich seiner nicht geschämt.
»... und Würmer in den Augen, lebendige Würmer, die wie Tränen hervorbrechen.«

*

Ein kleiner Araber von gut zehn Jahren sitzt auf einer Bank im Flur. Ein vor ihm kniender Soldat macht einen Zaubertrick. Eine Fünf-Franc-Münze verschwindet zwischen seinen Fingern, um in

seinem Mund wieder aufzutauchen oder hinter dem Ohr des Kindes, das ganz große Augen macht.
– Wer ist dieser Bengel?, fragt Capitaine Degorce.
– Der Sohn eines Verdächtigen, mon Capitaine.
Moreau kommt aus dem Befragungsraum und zieht den Capitaine ein wenig zur Seite.
– Der Typ, den ich mir heute Morgen rausgefischt habe, mon Capitaine, hat gesungen. Handfestes, denke ich.
– Er hat gesungen? So schnell?
– Ja, mon Capitaine, war aber nicht wirklich schwierig, wissen Sie. Ist ein Muskelprotz, vom eher schreckhaften Typ, also habe ich vor seinen Augen den Generator, die Elektroden und den ganzen Kram hervorgeholt, habe einen Burschen gebeten, es anzuschalten, um zu sehen, ob alles läuft, man hat einen Eimer Wasser angeschleppt, Schwämme, und ich habe dem Burschen erklärt, dass es, da er ja so viele Muskeln habe, meiner Meinung nach gar nichts nützen würde, ihn zu bearbeiten, dass ich mir sicher sei, dass er mutig wäre und nicht singen würde, gut, Sie sehen, worauf es hinausläuft, und ich habe zu ihm gesagt, dass ich, da wir nur ungern Zeit verlieren, auch seinen jüngsten Sohn habe schnappen lassen und dass wir uns gleich gemeinsam ansehen werden, wie der die Tortur aushalten würde, der Knirps, und wir haben ihn in den Raum kommen lassen, ich hatte gerade genug Zeit, zu ihm zu sagen Wir werden dir jetzt dein Hemd und deine Hose ausziehen, mein Kleiner, wie am Strand, um deinem Vater etwas zu zeigen, und der Typ hat gesagt, dass er reden werde, und bitte, er hat sich problemlos geöffnet. Wir mussten ihn beinahe zwingen, aufzuhören zu sprechen! Samtweich, mon Capitaine.
– Na bitte, Moreau, sagt der Capitaine. Sie werden noch ein richtiges As in Psychologie, wie? Und also?
– Nun, mon Capitaine, er hat uns jemanden geliefert. Ein Typ, der im Hafen arbeitet. Ein Syndikalist. Lagerverwalter, glaube ich. Oder Buchhalter. Ein Roter. Franzose, mon Capitaine.

– Sie alle sind Franzosen, Moreau.
– Oh, mon Capitaine, Sie wissen genau, was ich meine!
– Ja, Moreau. Ich weiß es. Gut, Sie werden ihn mir herholen. Und wenn er hier ist, lassen Sie mich rufen.
– Schon unterwegs, mon Capitaine.
Im Flur erhebt sich der kleine Junge und fängt an zu laufen. Sein Vater verlässt gerade den Befragungsraum, begleitet von zwei Harkis. Er ist ein Mann Mitte vierzig, groß und hager. Sein gekämmtes Haar ist beinahe vollkommen grau. Er beugt sich nieder, um das Kind in die Arme zu schließen. Er drückt es mit aller Kraft an sich und wirft dabei dem Capitaine Degorce einen langen, dankerfüllten und verzweifelten Blick zu. Seine Augen sind feucht, beinahe weinerlich, wie die eines Greises. Seine Lippen beben.
(Da wurde nichts verbrochen. So sollten sich die Dinge abspielen, immer.)
– Ich begleite Sie zum Wagen, Moreau. Ich war noch nicht draußen heute. Ich werde etwas Luft schnappen.
Die Sonne strahlt und es ist sehr warm jetzt. Die Farbe des Himmels ist unentschieden und hässlich, von einem blassen und milchigen Blau, das Capitaine Degorce die Heiligenbilder in Erinnerung ruft, auf deren Rückseite seine Mutter ihm alljährlich Glückwünsche für seinen Geburtstag oder zu Neujahr geschrieben hat, man konnte darauf das Jesuskind sehen, blass und rundlich, völlig erstarrt von einer trüben Ernsthaftigkeit auf den Knien der Heiligen Jungfrau, oder das Martyrium irgendwelcher Heiliger, gegeißelt, gevierteilt oder gekocht, deren Mund sich zu einem Schrei öffnete, der einem ekstatischen Stöhnen ähnelte, und im Hintergrund spielten Engel auf Trompeten in ebendiesem Pappmachéhimmel. Capitaine Degorce hat seiner Mutter gegenüber niemals geäußert, wie sehr diese naiven Darstellungen ihn unangenehm berührt haben und wie wenig sie mit der Natur seines Glaubens übereinstimmten. Er konnte sich nicht davon abhalten, an ihnen etwas Ranziges und Verdorbenes wahrzunehmen, und jetzt findet er dies in der

Perversität des algerischen Himmels wieder. Im Süden häufen sich riesige gelblichbraune Wolken am Horizont. Capitaine Degorces Haut fühlt sich feucht und klebrig an. Er geht zurück, um sich die Hände zu waschen und frisches Wasser über sein Gesicht laufen zu lassen. Er hat Lust, Tahar noch einmal zu sehen, sich in der beruhigenden Dunkelheit der Zelle ihm gegenüberzusetzen. Er kehrt zurück in sein Büro, wo die Tageszeitungen bereits auf ihn warten. Tahar ist auf den Titelseiten, unter einstimmig triumphalen Überschriften. Capitaine Degorce besitzt nicht den Mut, die Artikel zu lesen, diese ganze schleimige und kalte Prosa. Er befingert noch leicht seine Post und hebt die Augen hoch Richtung Organigramm. Tahars Foto müsste mit einem roten Kreuz versehen werden, aber er hat keine Lust dazu. Ein idiotischer Aberglaube. Er wird einen Orden erhalten oder befördert werden, dafür, dass er ihn festgenommen hat, das ist gewiss, und diese Vorstellung ist ihm mit einem Mal unerträglich.

(Die Zeit wird verstreichen, Gott sei gedankt.)

Die Zeit wird verstreichen, er wird El-Biar verlassen, er wird Algerien verlassen, er wird nach Piana zurückkehren, um erneut Urlaub zu machen, und er wird die klare Luft wiederfinden, er wird die Freude an spontanen Worten wiederfinden, sobald er seine Frau an sich gedrückt, die Stirn seiner Kinder geküsst haben wird, werden sie wieder lebendig werden und ihren Platz in seinem Herzen wiederfinden.

(Aber wie könnte ich sie denn in meine Arme schließen?)

Er erhebt sich und macht das rote Kreuz. Bald wird das Organigramm vollständig mit roten Kreuzen bedeckt sein und er Commandant. Er denkt jetzt mit Gleichgültigkeit daran. Die Zukunft ist ebenso irreal wie die Welt, die ihn umgibt. Tahar sieht auf dem Organigrammfoto müde und resigniert aus. Auf der Titelseite der Zeitungen ist die ganze Müdigkeit verschwunden. Er lächelt höflich, als verdienten die Fotografen, die sich um ihn herum aufstellen, seine Aufmerksamkeit und Höflichkeit. Ihm zur Seite der

Colonel lächelt ebenfalls, ein unerträglich zufriedenes Lächeln; man könnte meinen, die beiden schicken sich an, gemeinsam essen zu gehen. Und Capitaine Degorce begreift jäh, dass es diese Fotos sind, die Tahar das Leben gerettet haben. Am Vorabend konnte der Colonel seinem Wunsch nicht widerstehen, die Presse zusammenzurufen, um wie ein Pfau zu stolzieren, er hat dies mit Eigeninitiative getan, ohne an irgendetwas anderes zu denken als an die Befriedigung seiner Eitelkeit, und diese Eigeninitiative wurde an höherer Stelle keineswegs geschätzt, denn nun war Tahar ins Rampenlicht geworfen und kann nicht mehr verschwinden.
(Gesegnet sei der Trottel.)
Die Generäle mussten sich schwarz geärgert haben vor Zorn, Salan höchstpersönlich, und wahrscheinlich auch der Ministerresident, sie werden wohl Paris angerufen haben, den Colonel aufgefordert haben, eine Lösung zu finden, aber Lösungen gibt es keine, es ist zu spät und dem Colonel bleibt nichts anderes zu tun, als in seiner Ohnmacht zu schmoren, voller Bedauern darüber, dass die Dinge nicht anders abgelaufen sind, Capitaine Degorce hört seine wutentbrannte Stimme am Telefon, er erinnert sich an dessen widerwärtige Anspielungen und er fühlt sich herabgewürdigt, dass man ihn für fähig hält, niederträchtige Aufgaben ohne mit der Wimper zu zucken zu erledigen, als wäre er ein Scherge, ein Vollstrecker niederer Arbeiten und kein französischer Offizier, und die Wut verschlägt ihm derart den Atem, dass er kurz davor ist, den Colonel anzurufen, um ihn mit Beleidigungen zu überschütten.
(Was ist nur aus mir geworden, mein Gott, was ist nur aus mir geworden?)
Aber nichts ist von Dauer. Seine stärksten Gefühle können ihre Intensität nicht halten, sie verblassen und kühlen ab und verlaufen zu einem vagen Eindruck aussichtsloser Verdrossenheit, der nicht von ihm ablässt. Alles ist gekünstelt und hohl. Wie war es nur möglich, dass er nicht umgehend verstanden hatte, was der Colonel hatte sagen wollen? Wer ist hier der Trottel? In seinen

Adern muss eisiges Reptilienblut fließen. Seine Gedanken sind langsam, sie versanden in einem endlosen Stottern. Sie interessieren ihn nicht.
(Was ist nur aus mir geworden, mein Gott, was ist nur aus mir geworden?)
Und die Stimme sagt zwar Mein Gott, aber er weiß nicht, an wen sich diese Frage richtet.

*

Robert Clément. Vierundzwanzig Jahre alt. Buchhalter in einer Reederei. 1954 nach Algerien gekommen. Ein junger, mickriger Mann mit dünnem Schnurrbart, der sein Gesicht noch juveniler wirken lässt. Er sitzt mit sehr aufrecht gehaltenem Rücken auf seinem Stuhl und schaut Capitaine Degorce und Adjudant-Chef Moreau mit offener Herablassung an. Sein Hemd ist unter den Achseln schweißnass.
(Der große Augenblick seines Lebens.)
Eine sehr lang anhaltende Ruhe breitet sich aus und als Capitaine Degorce das Gefühl hat, dass sie lang genug angedauert hat, fragt er mit fröhlichem Tonfall:
– Sie sind Kommunist?
– Das geht Sie nichts an, antwortet der junge Mann, aber ja, ich bin Kommunist. Gilt das inzwischen als Verbrechen?
– Oh nein, ganz und gar nicht!, ruft der Capitaine lächelnd aus und fügt voller Überzeugung und zu Clément gebeugt hinzu: Wissen Sie, ich habe nichts gegen Kommunisten, ich nicht, absolut nichts, und ja, sogar das Gegenteil ist der Fall: Ich schulde einem Kommunisten mein Leben, stellen Sie sich vor. Ja, ja! Ich werde vielleicht

die Gelegenheit haben, Ihnen das zu erzählen, wenn Sie lang genug bei uns bleiben. Raymond Blumers, sagt Ihnen nichts? Ein Widerstandskämpfer.
(Die Wahrheit. Die Lüge.)
Clément schüttelt den Kopf.
– Nein.
– Nein?, wiederholt Capitaine Degorce traurig.
– Nein. Ist mir auch egal.
– Mon Capitaine, schlägt Adjudant-Chef Moreau vor, vielleicht könnten zwei Schläge in die Fresse helfen, würde ihn bestimmt deutlich höflicher stimmen, den Kameraden?
– Nein, Moreau, nein, sagt der Capitaine. Monsieur Clément ist verstimmt und er hat sicher seine Gründe, es zu sein. Wir könnten die Anstrengung eingehen, seine kleinen Gemütsbewegungen zu verstehen. Denn er weiß sehr gut, dass es kein Verbrechen ist, Kommunist zu sein, aber der Rebellion zu helfen, das ist nicht dasselbe. Das ist mehr als nur ein Verbrechen. Das ist Verrat. Was meinen Sie dazu, Monsieur Clément? Ist ›Verrat‹ das angemessene Wort oder wird es Ihnen gelingen, uns davon zu überzeugen, dass es übertrieben ist?
– Ich habe niemanden verraten, sagt Clément. Und Sie haben kein Recht, mich wegen meiner Ideen festzuhalten. Ich verlange, dass Sie mich freilassen.
Moreau muss lauthals auflachen. Capitaine Degorce trägt eine zerknirschte Miene zur Schau.
– Sie missverstehen die Situation, beklagt er. Ich werde sie Ihnen erklären. Es gibt kein Recht. Es gibt nur Sie, eingesperrt, hier mit uns. So lange, wie wir es für nötig halten. Oder aus einer simplen Laune meinerseits heraus. Ich kann Sie bis zum Jüngsten Tag hierbehalten, Verzeihung: bis zum großen Abend der Revolution, Sie sehen, ich kann mich anpassen. Wir sind niemandem Rechenschaft schuldig. Und solange Sie uns nichts gesagt haben, werden Sie hier auch nicht rauskommen.

Der Capitaine wendet sich an Moreau:
– Wir werden unserem jungen Freund Zeit lassen, über all dies nachzudenken.
Der Adjudant-Chef berührt Cléments Schnurrbart und zieht dabei eine Grimasse.
– Das ist deine Art, Trauer für Kamerad Stalin zu tragen, hab' ich recht? Na bitte, du wirkst damit wie ein Depp, mein Kleiner. Du wirkst wie ein ziemlicher Depp damit.
– Lassen Sie ihn jetzt ein wenig zappeln, sagt Capitaine Degorce, sobald die Tür hinter ihnen zu ist. Und dann kehren Sie zurück und kochen ihn weich. Aber Sie rühren ihn nicht an. Jagen Sie ihm Angst in die Knochen, aber rühren Sie ihn nicht an. Ich will nicht, dass er auch nur irgendetwas über uns zu sagen hätte, wenn er hier rausgeht, verstanden, Moreau?
– Ja, mon Capitaine.

*

– Ich werde uns etwas zu essen bringen lassen. Ich habe noch nichts gegessen heute.
Tahar hat noch immer bloß Strümpfe an. Seine Schuhe stehen in einer Ecke, Mokassins aus geflochtenem Leder. Capitaine Degorce wirft einen kurzen, zufriedenen Blick auf sie, wird dann aber missmutig, da er in ihnen das greifbare und lächerliche Symbol seiner Macht erkennt. Er hat die Macht, ein Paar Schuhe zum Vorschein kommen oder zum Verschwinden bringen zu lassen, zu entscheiden, wer nackt bleiben muss und für wie lange, er kann Befehl erteilen, dass weder Tag noch Nacht durch die Türen der Zellen dringen, er ist Herr über Wasser und Feuer, der Herr der Qualen,

er steuert eine ungeheuere und komplizierte Maschine, voller Leitungen, elektronischer Kabel, Gebrumme und Fleisch, beinahe lebendig, er liefert ihr unablässig den organischen Treibstoff, den ihre unstillbare Gefräßigkeit verlangt, er sorgt dafür, dass sie funktioniert, aber sie ist es, die seine Existenz beherrscht, und er kann nichts gegen sie tun. Er hat Macht stets verachtet, die unermessliche Ohnmacht, die seine Amtsausübung verhehlt, und noch nie zuvor hat er sich so machtlos gefühlt wie jetzt. Ein Soldat bringt zwei Teller und Tahar isst mit großem Appetit.
– Wissen Sie, sagt Capitaine Degorce, ich habe schlussendlich nicht den Eindruck, als würde Ihre Festnahme meinen Vorgesetzten wirklich gefallen.
– Gewiss nicht, stimmt Tahar zu.
– Wie, gewiss nicht?
Tahar leert seinen Teller und wischt sich den Mund ab.
– Beim Schach gibt es, glaube ich, Situationen, in denen einer der beiden Spieler inmitten einer Partie versteht, dass er nicht mehr gewinnen kann. Alle Züge, die er spielen kann, und wirklich alle, werden seine Situation nur noch schwieriger gestalten, ganz gleich, was er tut, verstehen Sie. Jede Möglichkeit ist eine schlechte Möglichkeit. Und der Spieler weiß dies, aber er muss die Partie weiterspielen. Vielleicht, wenn er gut ist, kann er sie hinauszögern, aber etwas Entscheidendes wird nicht mehr passieren. Das ist genau Ihre Situation, auch wenn Sie sich dessen nicht bewusst sind. Mich nicht festzunehmen, ist schlecht. Mich festzunehmen, das ist vielleicht sogar noch schlechter. Es gibt nur schlechte Möglichkeiten. Für uns, Capitaine, gilt das Gegenteil. Wenn wir hier gewinnen, ist es gut. Wenn wir verlieren, wenn Sie alle Welt festnehmen, dann ist das auch gut. Ein Märtyrer ist tausendmal nützlicher als ein Mitkämpfer. Von daher werden Sie auch nie irgendeinen Sieg feiern. Sie werden einen guten Zug spielen, oder zwei, und aufgrund dieser guten Züge ...
Tahar zuckt fatalistisch mit den Schultern:

– ... werden Sie zu guter Letzt verlieren, so Gott will!, schließt er lächelnd.
(Und na bitte. Ein Fanatiker. Kalt und kalkulierend. Die Ruhe und die Gleichgültigkeit eines Fanatikers. Na bitte.)
Die Enttäuschung tut nicht weh, im Gegenteil. Sie lässt alles leichter ertragen, und zuallererst sich selbst. Capitaine Degorce hat nicht einmal das Gefühl, geprellt worden zu sein. Er bedauert weder die hier verbrachte Zeit noch, dass er so naiv war, sich zu bedauerlichen Vertraulichkeiten hinreißen haben zu lassen. Es spielt keine Rolle, jetzt. Alles ist perfekt, harmlos und glatt.
– Ich spiele kein Schach, sagt Capitaine Degorce, als er sich erhebt. Ich werde Sie allein lassen.
– Es tut mir leid für Sie, murmelt Tahar.
Capitaine Degorce dreht sich brüsk zu ihm um.
– Verzeihung?, sagt er mit Anmaßung. Verzeihung?
Tahar ist nach vorn gebeugt, seine Hände sind gefaltet und er lässt seine Augen traurig auf ihm ruhen. Der Capitaine spürt die schmerzhafte Brandwunde seines Mitgefühls, er möchte wütend werden, scharfe Worte finden und ohne sich umzudrehen rausgehen, aber dazu ist er nicht fähig. Er bleibt da, ratlos, mit seinen plötzlich zu Asche gewordenen Gewissheiten.
– Ihnen fehlt der Glaube, Capitaine, ein vitales Bedürfnis, meine ich, sagt Tahar, und Sie haben Ihren Glauben verloren ... ich bitte Sie, setzen Sie sich noch für einen Moment ...
Und Capitaine Degorce setzt sich hin.
– ... Sie haben Ihren Glauben verloren und werden ihn nicht wiederfinden können, denn alles, wofür Sie kämpfen, existiert bereits nicht mehr. Und es tut mir leid für Sie.
– Woher wollen Sie das wissen?, fragt der Capitaine mit tonloser Stimme.
– Es gibt so viele Dinge, auf die man verzichten muss, sagt Tahar schmerzerfüllt, während er sich noch weiter nach vorn beugt, so viele Dinge, meinen Sie, ich wüsste dies nicht? Ich weiß es und Sie

wissen es ebenfalls, Sie auch, und es gibt Menschen, die können das sehr gut, für die ist es sehr einfach, aber jemand wie Sie ... wie sollte jemand wie Sie das durchhalten, ohne ein wenig Glauben? Das ist unmöglich, schlichtweg unmöglich ...

Capitaine Degorce schüttelt sanft den Kopf.

– Glaube?, fragt er. Sie denken, dass der Glaube rechtfertigen kann, was Sie in Philippeville, in der Milk Bar, in El-Halia getan haben?

Er hätte sich gewünscht, dass seine Frage ironisch klingt, und wundert sich, dass sie es ganz und gar nicht tut.

– Oder das, was ich hier mache?, fragt er noch weiter.

– Oh nein!, antwortet Tahar, der Glaube rechtfertigt nichts ... Das ist nicht seine Funktion, nein ... Für was sollen Rechtfertigungen denn auch gut sein?

Capitaine Degorce antwortet nicht.

– Ich würde gern rauchen, sagt Tahar und der Capitaine zündet zwei Zigaretten an. Tahar lehnt sich gegen die Wand und raucht mit sichtbarem Genuss.

– Sind Sie schon einmal ins Hinterland gefahren, Hauptmann?, fragt er nach einer Weile.

– Ja, bin ich, antwortet Capitaine Degorce, und ich sehe auch, worauf Sie hinauswollen, ich sehe es sehr deutlich. Ich sage nicht, dass alles zum Besten steht, ich weiß, dass da gewisse Dinge ... Ungerechtigkeiten ... aber dafür gibt es andere Wege und sobald hier wieder Frieden herrscht, Sie werden sehen ... Wir werden alles wiedergutmachen können.

Er ist bestürzt, festzustellen, wie wenig er glaubt, was er da ausspricht. Erneut sind die Worte schwer geworden, unverdaulich, schmutzig.

– Das ist wahr, Capitaine, sagt Tahar lächelnd, so wird es sich abspielen, ganz genau so. Wir werden alles wiedergutmachen. Aber nicht Sie.

Er unterdrückt ein Gähnen und macht sorgfältig seine Zigarette aus.

– Wie ist das Wetter draußen?, fragt er.
– Es ist schön, antwortet Capitaine Degorce. Und warm.
– Es ist schön, wiederholt Tahar.
– Möchten Sie für einen Augenblick Luft schnappen?, fragt Capitaine Degorce. Einige Schritte im Hof? Ich kann, wenn Sie es wünschen, wenn Sie mir Ihr Wort geben, dass ...
– Ich kann mein Wort nicht geben, unterbricht Tahar ihn. Außerdem ist es viel einfacher, wenn ich hierbleibe. Es ist sehr viel einfacher so.
– Wie Sie meinen.
Sie schweigen. Tahar schließt die Augen. Capitaine Degorce hat sein Essen kaum angerührt. Die erstarrten Reste auf seinem Teller ekeln ihn an. Er müsste einen Soldaten zum Abräumen rufen. Er müsste weniger rauchen. Er hat Lust zu diskutieren, schweigt aber. Der Krieg langweilt ihn, jetzt. Er würde Tahar gerne bitten, ihm von seiner Familie zu erzählen, er würde ihm von der seinen berichten, ihm sagen, dass er Mathematik über alles liebte und dass er sich erst nach dem Krieg dazu entschieden hätte, eine militärische Laufbahn einzuschlagen. Er würde gern die Handschellen vergessen, die Mauern der Zellen, die verbarrikadierte Stadt. Tahar öffnet die Augen und beugt sich erneut zu ihm vor.
– Vor allem, Capitaine, sagt er mit viel Wärme und Überzeugung, denken Sie trotz allem nicht, dass Sie arm dran wären, ich bitte Sie. Sie sind nicht arm dran. Das ist Ihnen wohl klar, oder?
– Ich beklage mich nicht.
– Dann ist ja gut. Denn Sie sind nicht arm dran. Und ich bin es auch nicht.

*

Ein furchtbarer Südwind hat sich von der Sahara her erhoben, ein apokalyptischer Wind, der die Kronen der Palmenbäume beugt, in den menschenleeren Alleen wütet und über die Stadt ein von Staub und Sand gesättigtes gelbes Licht gebracht hat. Alle anderen Farben sind verschwunden. Das Weiß der großen Haussmann-Gebäude ist erdfarben geworden und die blauen Kunstschmiedearbeiten scheinen aus dunklem Bernstein geformt zu sein. Sergeant Febvay und ein Soldat schauen neugierig aus dem Fenster.

– Gut jetzt, Jungs. Wir sind hier keine Wetterstation, brummt Adjudant-Chef Moreau.

– Und, Moreau, fragt Capitaine Degorce, ist er einsichtig, der Kerl?

Da er seine Stimme vernimmt, dreht Febvay sich um und salutiert. Er hat am linken Wangenknochen einen Bluterguss. Nicht jedoch so groß, wie der Capitaine es sich gewünscht hätte. Aber es ist ihm egal. Er betrachtet das zerknirschte Gesicht des Sergeant, der wie ein Kind wirkt, das bei einem Fehler erwischt wurde, und er verspürt ihm gegenüber keinerlei Wut mehr. Eher eine schändliche Sympathie des Schulmeisters für einen ausgelassenen Faulpelz.

– Mon Capitaine, beginnt Febvay, ich möchte Ihnen sehr gerne sagen, dass ...

Capitaine Degorce macht ein kurzes Zeichen mit der Hand.

– Ist gut, Febvay, reden wir nicht mehr darüber. Ich will nichts mehr davon hören. Machen Sie Ihre Arbeit und benehmen Sie sich anständig. Also?, fragt Capitaine Degorce erneut und wendet sich Moreau zu.

– Nichts, mon Capitaine, sagt Moreau, nichts, gar nichts. Er behandelt uns von oben herab, grad so, als sollten wir uns verpissen. Und er singt uns Liedchen über Gedankenfreiheit, Emanzipation der unterdrückten Völker und ähnlichen Schwachsinn. Man könnte sich im Varieté wähnen.

– Wir haben Zeit, sagt Capitaine Degorce. Ich bin mir sicher, dass er nicht durchhalten wird.

– Wenn Sie erlauben, mon Capitaine, beachtet Moreau den Verhaltenskodex, er wird noch schneller nachgeben, wenn wir ihm ein wenig Saft in die Eier jagen, gar nicht mal zu stark, der Typ ist ja im Übrigen nur ein Großmaul, mehr steckt bei dem nicht dahinter ...
– Gar nicht zu vergleichen mit dem Kabylen, sagt Febvay.
– Ah!, der Kabyle, sagt ein Soldat. Harter Knochen, der Kabyle!
Darauf folgt eine kurze Unterhaltung über die jeweiligen Vorzüge der befragten Verdächtigen, aus der einhellig hervorgeht, dass Mut und Widerstand von Abdelkrim Aïd Kaci außergewöhnlich waren, und Moreau stimmt mit bewundernden Kopfbewegungen zu, in seinen Augen dabei ein Ausdruck, der an Nostalgie erinnert. Ein mutiger Mann, ja ... bestätigt Capitaine Degorce und stellt bestürzt fest, dass auch er diese Art Unterhaltung unwiderstehlich fesselnd findet.
(Oh, die Armseligkeit unserer Seele!)
Der menschliche Geist ist befähigt, wunderbar viele und unterschiedliche Dinge zu umspannen. Aber mit dem ersten Tag in Buchenwald, Capitaine Degorce erinnert sich daran, verlieren diese an Reiz und hören schlichtweg auf zu existieren, angefangen bei den allerhöchsten, den verehrungswürdigsten, bis schließlich selbst der primitivste abstrakte Gedanke unmöglich wird. Deutlich gesprochen gibt es überhaupt keinen Gedanken mehr und dem beschädigten und verengten Geist bleiben nur mehr die einer unglaublich primitiven, blinden, langmütigen und hartnäckigen Lebensform entsprechenden Beschäftigungen – die einer im uralten Gletscher gefangenen Bakterie, die einer Larve im Finstern. Man schaut, ohne dessen müde zu werden, dem sinnfreudigen Spektakel eines ein Stück Brot methodisch kauenden Mundes mit vor lauter Verlangen und Respekt glänzenden Augen zu. Drei Körper hängen am Galgen, andere Verurteilte harren ihrer Stunde und man denkt an nichts anderes als an jenen Moment, da man sich in den Baracken vor dem kalten Wind des Herbstes 1944 schützen wird, der über den Hof fegt und langsam die Leichname an den

jeweiligen Enden der Seile sich im Kreise drehen lässt. Der Gott, zu dem man zu beten beharrt, ist nur mehr ein tyrannisches und barbarisches Idol, von dem man sich nichts anderes mehr erhofft, als seinem unendlichen und grundlosen Zorn noch eine Weile zu entkommen. Die letzten Kräfte der Intelligenz haben sich ausnahmslos verdichtet zu einer Art intuitiven und servilen Schläue und von den ehemaligen Empfindungen bleiben nur unvermittelt auftauchende, irrationale Gefühlsregungen zurück, wie die zufällige Zuneigung, mit der Raymond Blumers, ein Ehemaliger des spanischen Bürgerkriegs, André Degorce plötzlich umschwärmte, der alte Blumers, der sich über seine Bekreuzigungen und Gebete stets lustig machte und ihn gern den kleinen Pfarrer nannte, der aber seinen ganzen geheimnisvollen Einfluss geltend gemacht hat, um Andrés Name auf der Liste des Kommandos für Arbeitsstatistik auftauchen zu lassen und ihn damit wie von magischer Hand der Zwangsarbeiten, die ihn bald schon getötet hätten, enthoben hat, um ihn buchhalterische Arbeiten in einem Büro erledigen zu lassen, André warf allabendlich beim Essen seiner Suppe dann Blumers immer wieder Blicke von animalischer Dankbarkeit zu, hat aber, als er dessen Strangulation im Februar 1945 beiwohnte, erneut in einer grotesken Habachtstellung auf dem großen Appellplatz erstarrt, nicht eine Träne vergossen, ebenso wenig, wie er je geweint hätte, als er an seine Eltern dachte oder an Lézieux oder daran, wie das Leben hätte aussehen können, denn bei dem, was aus dem Leben inzwischen geworden war, gab es für die Lauterkeit des Kummers keinen Platz mehr. Und dies gehört dazu zum Verbrechen – aber das Leben schützt und verlängert sich eben, indem es sich blind stellt und taub. Capitaine Degorce hatte so lange gebraucht, um zu verstehen, dass er nicht schuld war an diesem Verbrechen, und als die Amerikaner die Bewohner von Weimar dazu zwangen, das Lager aufzusuchen, da war er derjenige, der aus lauter Schamgefühl heraus vor ihnen die Augen niederschlug. Und hier ist jetzt erneut etwas Ähnliches geschehen, ja, sogar hier, auf der anderen Seite des dunklen Spiegels, für ihn und alle Männer, über die er Befehlsgewalt hat, etwas, das er nicht verzeihen können wird, selbst wenn er vor niemandem mehr die Augen niederschlägt.

(Mein Gott, was ist nur aus mir geworden?)

– Ich bin in meinem Büro.

– Gut, mon Capitaine.

Febvay lächelt ihm zu und er lächelt zurück.

(Dies die Grenzen der Welt. Befragungsräume. Zellen und endlose Flure. Dieser furchtbare gelbe Himmel. Verlorene Körper. Verlorene Seelen. Die unzumutbare Nacktheit.)

Das ist alles, was sie miteinander teilen können: Prognosen und Einschätzungen über die Widerstände von Körpern, als bestünde ihre Aufgabe nicht darin, Informationen zu sammeln, sondern darin, Beweisanordnungen zu organisieren, die dazu bestimmt sind, einen verborgenen, wesentlichen und primitiven Parameter ans Licht zu bringen, die einzige Quelle allen Wertes. Sie sind Wissenschaftler, Spezialisten einer subtilen Sezierung, in Bann gezogene Propheten, und das Mysterium, das ihnen heute als Belohnung für ihre Beflissenheit und Ergebenheit anzuschauen vorgelegt wurde, hat ihnen die Augen verbrannt. Die Nacht ist hereingebrochen über alles, was sie je geliebt haben, und sie haben es vergessen, vielleicht für immer. Capitaine Degorce sieht erneut die gesichtslose Silhouette bei der Gestapo in Besançon über sich gebeugt, er hört den schnaubenden Atem, kreuzt einen trüben, auf seinen übel zugerichteten Körper gerichteten Blick, die Mundwinkel zittern vor Gier und Ekel, und er weiß, dass er diesen Mann auf so innige Weise versteht, als wäre er Teil seiner selbst geworden. Er versteht Moreau, er versteht Febvay und den geringsten seiner Soldaten, ohne dass er mit ihnen auch nur ein Wort wechseln müsste. Sie alle haben die gleiche Verwandlung erduldet und sind Brüder geworden. Die Umstände ihrer vergangenen Leben zählen nicht, ebenso wenig wie der Schwindel, den die Offenbarung dieser Verwandtschaft in ihm erzeugt. Es gibt keine andere Familie mehr und tagtäglich sind es Fremde, die ihm schreiben. Die Bande, die ihn mit seinen Eltern vereinten, mit Jeanne-Marie und den Kindern, sind verschwunden und haben, gleich einem absurden Abdruck, nichts anderes an ihrer Stelle hinterlassen als eine gewisse Anzahl an Gewohnheiten und mechanischen Gedanken, von denen loszukommen ihm nicht gelingt, die jedoch auf nichts mehr verweisen. Vielleicht haben sogar die Bande selbst nie in anderer Form existiert denn als bloße inkonsistente Vorstellungen oder Konventionen, es ist unmöglich, dies zu erinnern, und Capitaine Degorce hat das Gefühl, so weit davongetragen worden zu sein, dass er niemals zurückkommen werde. Er müsste den Mut besitzen, auf die Briefe, die noch immer dort auf seinem Schreibtisch liegen und voller unverständlicher Sätze und Gefühle sind, nicht mehr zu antworten.

»... ein kleiner Frühlingsschnee, aus dem Juragebirge, der uns bis ins Mark hinein hat frieren lassen ...«

»... und alle sind so stolz auf Dich, André: Jean-Baptiste, der ja seine Rente genießt, bedauert es schon fast, dass er nicht auch ...«

»... und Du weißt, mein lieber Schwager, wie sehr ich Dir dankbar bin, dass Du für Jacques sorgst, der in Dir das Vorbild finden wird und den Vater, den er verdient, wohingegen ich selbst ja nur ...«

Es wäre besser gewesen, Claudie wäre nie zur Welt gekommen und der erste Ehemann von Jeanne-Marie wäre nie verstorben. Vielleicht denkt sie noch immer sehnsüchtig an ihn, wenn Sie an seinem im Salon hängenden Bild vorbeigeht. Capitaine Degorce hat sich damit abgefunden, niemals an die Besonderheit dieser ersten Liebe heranzureichen, von der er nichts weiß. Es wird ihm bewusst, dass Jeanne-Marie sich ihm stets mit mehr Zärtlichkeit als Wollust hingegeben hat, und zum ersten Mal empfindet er darüber einen schmerzhaften Groll.

(Es ist wahr, alles, wofür ich kämpfe, existiert bereits nicht mehr.)

Aber die Gedanken, die ihn beinahe erdrücken, haben in Wirklichkeit überhaupt kein Gewicht und die leichteste Brise genügt, sie zu zerstreuen. Er ist sich selbst gegenüber ungerecht und noch ungerechter denen gegenüber, die ihn lieben. Es ist nicht wahr, er hat sich von ihnen nicht entfernt, und das, wofür er kämpft, existiert noch immer, er erfüllt einen Einsatz, äußerst schwierig und kaum zu ertragen, aber unabwendbar, um den Terrorattentaten ein Ende zu bereiten. Keine andere Vorgehensweise ist vorstellbar und es liegt nicht an ihm, sich zu rechtfertigen. Nur ein Feigling und Verräter wie der General de Bolladière kann seine Seelenzustände über die Erfordernisse des Allgemeinwohls stellen, und er ist kein Feigling. Später dann, da wird er es Jeanne-Marie erklären. Jetzt jedoch, jetzt muss er sich konzentrieren und darf dies nicht vergessen. Er muss seine Gedanken ordnen, ein für alle Mal, und diese erschöpfenden und unnützen Schwankungen beenden. Er liest aufmerksam den Brief seiner Eltern und nimmt sich vor, ihnen eine schöne und ausführliche Antwort zu schreiben.

*

Er ist gerade dabei, ein weißes Blatt anzustarren, den Stift in der Hand, als das Klingeln des Telefons ihn erlöst. Die Stimme des Colonel ist ungewöhnlich mild und ruhig.

– Wir händigen Hadj Nacer der Justiz aus, Degorce. Wir schicken ihn nach Paris. Soll er dort versuchen, seinen Kopf zu retten, und wenn man ihn enthauptet, umso besser. Wir haben mehr als nötig getan, denke ich.

– Gut, mon Colonel. Wo darf ich ihn hinbringen? Und wann?

– Sie, Degorce, bringen ihn nirgendwohin. Ihre Rolle endet hiermit und im Übrigen soll ich Ihnen die besten Glückwünsche von ...
Die Stimme ist unverblümt warmherzig jetzt, aber Capitaine Degorce nimmt sie nicht mehr wahr.
– Mon Colonel, unterbricht er, was soll das heißen, meine Rolle endet hiermit? Wie lauten die vorgesehenen Verfügungen?
– Lieutenant Andreani wird diese Nacht Hadj Nacer abholen kommen, ausschließlich Hadj Nacer, und er wird ihn bis zu dessen Überstellung in die Hauptstadt am morgigen Tage übernehmen.
– Mon Colonel, sagt Capitaine Degorce und versucht ein Gefühl zu unterdrücken, das er sich nicht erklärt, mon Colonel, ich verstehe das Interesse dieser Vorgehensweise nicht und ich erlaube mir, darauf zu bestehen, mich um Hadj Nacer bis zum Schluss zu kümmern.
– Nein, sagt der Colonel.
– Mon Colonel, insistiert Capitaine Degorce, er ist mein Gefangener, Andreani hat in dieser Angelegenheit nichts verloren und ich beharre darauf, dass ...
– Maul gehalten, mein Gott!, explodiert der Colonel. Ihr Gefangener! Ihr Gefangener? Für wen halten Sie sich eigentlich, he? Sie sind ein Offizier, verdammte Scheiße!, ein Offizier der französischen Armee, kein Bandenhäuptling, und Sie unterliegen einer Hierarchie, schon vergessen?, einer Hierarchie, die Entscheidungen trifft, ohne dabei Ihre Meinung einzuholen, ist das klar?
– Ich verstehe nicht, mon Colonel, warum in diesem Zusammenhang Lieutenant ...
– Hören Sie, Degorce, sagt der Colonel seufzend, ganz ehrlich, ja!, ich bewahre Ihnen gegenüber gerade wirklich die Ruhe ... es gibt vielleicht Dinge, an die Sie nicht denken, ich weiß nicht, hab keine Ahnung, Sicherheitserwägungen zum Beispiel ...
– Mon Colonel, der Gefangene ist hier vollkommen in Sicherheit ...
– Es reicht!, brüllt der Colonel. Andreani kommt diese Nacht und basta. Ich hab die Nase voll von Ihrem Schwachsinn.

Und damit er legt auf.

*

Er versteht nicht, was ihn derart in Angst versetzt. Das Bedauern, seine Zeit, anstatt sie mit Tahar zu verbringen, bei dem Versuch zu verlieren, unauffindbare Worte zu schreiben, oder aber die Aussicht, ihn Andreani zu überantworten. Er ordnet das Briefpapier zurück und geht rauchend in seinem Büro auf und ab. Er würde gerne etwas tun können, weiß aber nicht was. Er lässt Moreau kommen und eröffnet ihm die Entscheidungen des Generalstabs.
– Gut, sagt Moreau.
– Und wir werden Folgendes tun, sagt Capitaine Degorce: Sie werden mir fünf Typen auswählen und sie bereithalten. Und wenn Andreani hier sein wird und wir ihm Hadj Nacer herholen, werden sie ihm militärische Ehren erweisen.
– Militärische Ehren, mon Capitaine?
– Haben Sie damit ein Problem? Schockiert Sie das? Sprechen Sie ganz offen, ich bitte Sie.
Moreau zuckt mit den Schultern.
– Hören Sie zu, fährt Capitaine Degorce fort, man muss schon etwas davon verstehen, wie man seine wertvollsten Feinde würdigt, das ist was, das uns zur Ehre gereicht, verstehen Sie. Das ist wichtig.
– Ja, mon Capitaine.
– Tarik Hadj Nacer ist ein Feind von großem Wert für uns, Moreau. Von sehr großem Wert.
– Gut, mon Capitaine, ich kümmere mich darum, sagt Moreau und macht kehrt.

Der Capitaine bleibt für einen Augenblick auf der Kante seines Schreibtisches sitzen und geht dann raus auf den Flur.

– Moreau! Kommen Sie für einen Augenblick zurück! Ich bin noch nicht fertig!

– Mon Capitaine, bitte?

– Es gibt etwas, das Sie wissen müssen. Das ist meine Eigeninitiative, eine sehr persönliche Eigeninitiative. Ich habe niemandem darüber Mitteilung gemacht, niemand gab mir die Erlaubnis dazu und ich bin mir nicht sicher, ob ich sie überhaupt hätte erhalten können. Und von daher, sehen Sie, handelt es sich nicht um einen Befehl, den ich Ihnen erteile, Moreau. Wenn Sie ein Problem damit haben, werde ich jemand anderes bitten, sich darum zu kümmern. Bitte fühlen Sie sich ganz frei in Ihrer Entscheidung. Ich wäre für Ihre Unterstützung dankbar, aber ich werde es Ihnen nicht übel nehmen, wenn Sie mir diese nicht gewähren wollen, Sie haben mein Wort darauf. Ich werde jemand anderes finden. Das war's. Entscheiden Sie sich, wie Sie wollen.

– Mon Capitaine, antwortet Moreau umgehend, was Sie tun, ist gut getan, das ist meine Meinung. Ich kümmere mich darum. Ich kümmere mich gern darum. Und ich danke Ihnen für Ihr Vertrauen, mon Capitaine.

(Meine Familie.)

– Es liegt an mir, Ihnen zu danken, mon Adjudant-Chef, murmelt Capitaine Degorce, als er ihm die Hand schüttelt. Ganz allein an mir.

Er fühlt sich sehr gut, rein und erleichtert. Es ist ihm gelungen, dafür zu sorgen, dass die Dinge eine ehrenhafte Wendung nehmen. Die Zukunft erscheint ihm verlockend bunt. Noch einige Wochen und dann wird es vorbei sein. Er wird seine Aufgabe erledigt haben und wissen, dass es nicht vergeblich gewesen sein wird. Die unnützen Fragen werden sich nicht mehr stellen. Tahar wird einen ihm angemessenen Prozess erhalten und eines Tages dann, eines nicht allzu fernen Tages, wird alles hinter ihnen liegen und sie werden

aufhören, einander Feinde zu sein. Er öffnet gut gelaunt die Zellentür. Tahar richtet die Augen auf ihn.
– Es ist so weit, die Dinge sind geregelt, verkündet Capitaine Degorce, während er sich setzt. Man wird Sie in der Nacht abholen kommen und morgen werden Sie der Justiz in Frankreich übergeben.
– Gut, sagt Tahar. Morgen. Und diese Nacht, wo werde ich sie verbringen?
– Woanders, antwortet Capitaine Degorce. In der Begleitung des Offiziers, an den ich Sie zu übergeben habe, nehme ich an. In Saint-Eugène.
Tahar schließt die Augen.
– Morgen ist Freitag, murmelt er. Ich habe Glück.
– Was wollen Sie damit sagen?, fragt Capitaine Degorce und die Angst, die er verschwunden glaubte, brennt erneut in seiner Brust auf.
Tahar lächelt traurig.
– Das ist nicht wichtig.
Capitaine Degorce sitzt ihm mit einem Abstand von weniger als zwei Metern gegenüber, hat aber das Gefühl, dass eine unendliche Entfernung sie voneinander trennt und dass es immer schon so war. Das Herz der Menschen ist ein unglaubliches Mysterium. Das Herz dieses Menschen hier ist ein noch größeres. Capitaine Degorce würde Tahar gern aus dessen Einsamkeit herausreißen und zu sich zurückbringen können, und sei es nur für einen Augenblick, und er schaut ihn mit beinahe flehendem Wohlwollen an.
(Eines Tages wird dieser Krieg vorüber sein und Sie und ich, wir werden uns erneut gegenübersitzen, bei strahlendem Sonnenschein, und dann, dann werden wir reden können, wir werden uns alles sagen können, alles, wozu wir jetzt nicht die Zeit gefunden haben.)
– Eines Tages wird dieser Krieg vorüber sein, glauben Sie mir, sagt Capitaine Degorce.
– Ich weiß, Capitaine, sagt Tahar.

Er hat die Augen nicht wieder geöffnet. Seine Gesichtszüge sind langsam in sich zusammengesackt und er wirkt sehr alt. Schatten verdunkeln sein Gesicht dort, wo sich tiefe Falten eingraben werden, die man bereits lauern sieht an den Augenwinkeln, auf der Stirn, den Wangen entlang. Und nach und nach verblassen die Schatten, der bittere Zug um den Mund verwandelt sich langsam wieder zurück in ein Lächeln und die Maske des Alters wird rissig und zerstiebt lautlos. Die Augen öffnen sich, der Schimmer aber, der sie erhellt, bleibt unentzifferbar. Jeder einzelne Satz, den Capitaine Degorce gern aussprechen würde, erscheint ihm eitel und unangebracht.

– Ich werde Sie holen kommen, sagt er schlicht, bevor er die Zelle verlässt.

Er geht hinaus, um auf der Straße eine Zigarette zu rauchen. Der Wind hat sich gelegt und eine riesige Sonne geht über der Stadt unter. Sandkörner kleben an den Fenstern und Gittern. Die Luft ist gesättigt von Sand und Feuchtigkeit. Capitaine Degorce fragt sich, wie man diese Stadt je lieben könnte. Falls sie geheimen Charme besitzen sollte, ist es ihm definitiv nicht möglich, diesen aufzuspüren. Er wird sie ohne Bedauern verlassen. Im Befragungsraum sitzt Febvay auf dem Tisch, er isst einen großen Apfel, den er mit einem Armeemesser in Stücke schneidet und dabei immer wieder wütende Blicke auf Robert Clément wirft, der an einen Heizkörper gefesselt ist. Er spuckt die Kerne in dessen Richtung.

– Noch immer nichts, konstatiert Capitaine Degorce.

– Absolut nichts, mon Capitaine.

Der Capitaine kniet sich vor Clément auf den Boden.

– Die Nächte hier, sie sind nicht sehr angenehm, wissen Sie, vertraut er ihm an. Und das Schlimmste, man gewöhnt sich einfach nicht daran. Ich habe das feststellen können. Jede einzelne Nacht ist schlimmer als die vorhergehende. Man liegt falsch, wenn man sagt, man gewöhne sich an alles. Die Weisheit des Volkes hat nicht viel Wert, nicht wahr?

Clément bewahrt ein verbissenes Schweigen.
– Wie auch immer, Sie werden es ja sehen. Aber es ist dumm. Und völlig unnütz, glauben Sie mir. Tun Sie sich das nicht an. Ich werde Ihnen sagen, was passieren wird. Morgen oder übermorgen wird jemand aus Ihrer Familie, Ihre Mutter vielleicht oder auch Ihre Braut, hier vorbeikommen und Neuigkeiten von Ihnen erfragen. Und wissen Sie, was ich ihr antworten werde? Nein? Ich werde ihr antworten, dass wir Sie heute Nachmittag freigelassen haben und dass ich sehr erstaunt darüber sei, dass sie noch immer nichts von Ihnen gehört habe. Ich werde sie meines ehrlichen Mitempfindens versichern und sie bitten, nicht zu vergessen, mich auf dem Laufenden zu halten. Ich werde beunruhigt wirken, äußerst beunruhigt. Ich weiß, dass meine Unruhe ganz besonders ansteckend ist. Und wenn sie gegangen sein wird, werde ich zu Ihnen kommen und Ihnen die ganze Szene detailgetreu berichten. Ich werde nichts auslassen, glauben Sie mir. Vielleicht werden Sie mir mit dieser schönen Gleichgültigkeit zuhören, aus Eigenliebe oder Dummheit. Und dann wird es eine weitere Nacht geben und Sie werden über all dies erneut nachdenken, es wird Ihnen gar nicht möglich sein, nicht darüber nachzudenken. Sie werden verstehen, dass Sie gar nicht mehr existieren. Sie werden an die Angst Ihrer Liebsten denken. Nächtens sind Gedanken etwas Furchtbares. Das habe ich ebenfalls festgestellt, ich bin ein guter Beobachter. Sie werden die Dinge schließlich in einem anderen Licht sehen. Sie werden mir erzählen, was ich hören möchte, ich bin mir dessen sicher.
Der Capitaine sieht sich Clément einen Augenblick lang an und beugt sich dann an sein Ohr.
– Und wenn ich falsch liege und mein Irrtum mich wirklich nerven sollte, was ich Ihnen zuliebe nicht hoffen will, dann werde ich vielleicht Folgendes tun: Ich werde Sie freisetzen. Ich werde Sie an Ihren Arbeitsplatz begleiten und werde mich sehr warmherzig von Ihnen verabschieden, das kann ich Ihnen versichern, ich werde

Sie sogar in meine Arme schließen und bevor all dies so ablaufen wird, werden meine Leute herzensguten Personen gegenüber Loblieder von Ihnen singen, sie werden von Ihrer offenen Bereitschaft erzählen, der Armee ihres heiß geliebten Landes zu helfen, von dem Mut, mit dem Sie es akzeptiert haben, als Maulwurf aufzutreten, sehen Sie, und Ihre Freisetzung wird von einer sehr spürbaren Welle an Festnahmen begleitet sein. Dafür werde ich sorgen. Ich denke nicht, dass Ihnen die Zeit bleiben wird, die Koffer zu packen.
Capitaine Degorce schlägt Clément zwei Mal freundschaftlich auf die Schulter.
– Sie wissen, was Ihre Freunde von der FLN mit Verrätern anstellen? Ich habe Fotos dazu, falls es Sie interessiert.
Clément wendet sich dem Capitaine zu und spuckt ihm ins Gesicht. Febvay springt auf.
– Ruhig Blut, Febvay, hält Capitaine Degorce ihn zurück, während er sich das Gesicht abwischt. Dies bedeutet nichts anderes, als dass Monsieur Clément bereits angefangen hat nachzudenken. Sperren Sie ihn für die Nacht weg. Ganz allein.
(Mieser kleiner Scheißkerl.)

*

Die Seiten sind nicht mehr leer. Auf jede einzelne hat er das Datum geschrieben, Liebe Eltern, Meine liebe Frau, Meine geliebten Kinder und sogar Mein lieber Marcel. Und das war's. Es ist elf Uhr und die Nacht ist hereingebrochen. Er hat sich gezwungen, ein wenig zu essen, bleibt sitzen, mit dem Stift in der Hand, und wendet seinen Kopf mit jedem neuen Motorengeräusch. Er nimmt den für Marcel bestimmten Brief und wirft ihn in den Papierkorb, mit dem Eindruck, einen Teil seines Problems effektiv gelöst zu haben. »Meine lieben Eltern, achtet auf Eure Gesundheit, vor allem Du, Papa. Hier läuft alles bestens. Euer Sohn, André.« Überflüssig, das Geschriebene zu prüfen. Das muss in einen Umschlag gesteckt werden, schnellstmöglich, und nicht mehr dran denken. Die Worte werden wiederkommen. »Meine liebe Frau, meine geliebten Kinder, ein Tag von besonders gewichtigen Aufgaben hält mich davon ab, Euch ausführlich zu schreiben, und lässt mir nur die Zeit, Euch mitzuteilen, dass alles gut ist, und Euch meiner tiefen Zuneigung zu versichern.« Zur Briefablage damit. Sein Geist ist intakt. Er ist fähig, komplexe Gedankengänge zu entwickeln und Entscheidungen zu fällen. Er kann die Größen eines Problems erkennen und formulieren, Informationen hierarchisieren. Er kann Pläne entwerfen, die kurz- und längerfristige Vermutungen verlangen. Sollte aber ein Brief an die Seinen geschrieben werden, dann bedarf es natürlich etwas anderes, etwas, dass er offensichtlich verloren hat. Der Seele, mag sein, der Seele, die das Wort lebendig werden lässt. Er hat seine Seele auf dem Weg zurückgelassen, irgendwo hinter sich, und er weiß nicht wo. Morgen muss diese Aufgabe erneut in Angriff genommen werden – schreiben, zumindest etwas schreiben, und er bedauert es, von keinem seiner Briefe eine Abschrift zurückbehalten zu haben, um sie, wie sie waren, erneut verschicken zu können. Dies jedoch ist im Grunde genommen genau das, was er seit Wochen tut. Eine Abschrift wäre vollkommen nutzlos. Er schaut auf das Organigramm. Sobald er es vervollständigt haben wird, wird er auf seinem Weg zurückkehren und seine Seele dort, wo er sie zurückließ, wiederfinden können. Bis dahin bleibt es wüst in ihm.

(Und meine Gedanken gleichen Graffiti auf den Wänden eines unbewohnten Zimmers.)

Alles ist vollkommen still. Es ist eine schaurige nächtliche Stunde. Der Tag hat sich abgewandt und wird für geraume Zeit nicht wiederkehren. Es ist die Stunde, in welcher das Herz Jesu im

Schatten des Garten Gethsemane sich mit Angst füllt, die Apostel sind in den Schlaf geflüchtet, haben ihn zurückgelassen in seiner schauerlichen Einsamkeit, und sein Herz ist ein schwaches Menschenherz, das angesichts des bevorstehenden Todes schaudert. Er fällt mit dem Gesicht zu Boden, die Blätter der Olivenbäume zittern im Wind und nichts wird den bitteren Kelch entfernen können. Es ist die Stunde, in welcher die Soldaten des Sanhedrins sich bewaffnen und der finstre Statthalter von Judäa die Flure seines stillen Palastes durchschreitet und ununterbrochen die Stunde des Schlafes nach vorn verschiebt. Für ihn ist es ebenso, für ihn ist diese Nacht ebenfalls eine Nacht der Angst und er weiß nicht warum. Er besinnt sich der Schrecken der Kindheit und ist untröstlich darüber, sie könnten zurückgekehrt sein, den strengen und ernsten Mann zu verstören, zu dem er geworden war. Er spürt den Geschmack von Blut im Mund und seine Seele ist zu Tode betrübt. Capitaine Degorce schaltet das Licht in seinem Büro aus und geht seinerseits die nicht enden wollenden Flure entlang, er geht langsam, ohne jemanden anzutreffen, und er hat den Eindruck, der Gefangene eines unendlichen Labyrinths zu sein. Er trifft schließlich auf Moreau.

– Es ist alles vorbereitet, mon Capitaine, Ihren Anordnungen gemäß.

– Ich werde mich einen Augenblick hinlegen. Wecken Sie mich, wenn Andreani kommt.

In seinem Zimmer findet er seine Bibel wieder und riecht mit tiefen Atemzügen an den aufgeschlagenen Seiten. Der köstliche Geruch von Leim und Papier beruhigt ihn. Er liest: »Zu denen auf seiner linken Seite aber wird er sagen: Geht mir aus den Augen, ihr Verfluchten, ins ewige Feuer, das für den Teufel und seine Helfer bestimmt ist! Denn ich war hungrig, aber ihr habt mir nichts zu essen gegeben. Ich war durstig, aber ihr habt mir nichts zu trinken gegeben. Ich war ein Fremder unter euch, aber ihr habt mich nicht aufgenommen. Ich war nackt, aber ihr wolltet mir nichts zum Anziehen geben. Ich war krank und im Gefängnis, aber ihr habt euch nicht um mich gekümmert.« Capitaine Degorce legt sich angezogen auf sein Bett, die Augen geöffnet. Es ist dieser Text, der ein unendliches Labyrinth darstellt. Er steht wieder auf. Die Flure, erneut, dann die Zellentür, schließlich Tahar, der sich aufrichtet und ihn fragt:

– Ist die Stunde gekommen?

– Nein, antwortet Capitaine Degorce. Ich bin hier, die Stunde mit Ihnen gemeinsam zu erwarten, wenn es Sie nicht stört. Ich bitte Sie: lassen Sie mich bei Ihnen bleiben, sagt er dann noch – und Tahar lächelt ihn an.

Ich erinnere mich Ihrer, mon Capitaine, und ich sehe Sie noch, wie Sie sich dem Gericht genähert haben, ohne auch nur einen Blick Richtung Anklagebank zu werfen, von der aus Paul Mattei und ich Sie vorbeigehen sahen. Sie trugen sämtliche Ihrer Orden und auch die ganz neuen Litzen eines Lieutenant-Colonel. Vielleicht hat man aus Ihnen inzwischen einen General gemacht, seien Sie mir jedoch nicht gram, mon Capitaine, wenn ich mich an den Dienstgrad ihrer Jugend halte, den einzigen, den Sie Ihrem Mut und nicht Ihrem mustergültigen Untertanengeist zu verdanken haben, einem Untertanengeist von solch immensem Ausmaße, dass ich ihn vielleicht sogar bis heute nicht vollkommen überblicke. Denn ich bin unbelehrbar, mon Capitaine, und die Liebe, die ich Ihnen entgegenbrachte, hat eine so tiefe Spur in meinem Herzen hinterlassen, dass ich nie der absurden Hoffnung habe abschwören können, Sie eines Tages wiederzufinden, eine permanent enttäuschte Hoffnung, natürlich, wie ja damals auch, im Frühling 1961, als ich bis zum Schluss auf Ihre Unterstützung setzte. Sie waren damals noch Kommandant, ich hatte Sie seit den Kämpfen im Wilaya V nicht mehr gesehen und wenn ich auch schon wusste, dass Ihnen der Sieg nichts bedeutete und Sie bereit waren, sich diesen zugunsten der Freunde von Tahar, die ihn so wenig verdienten, nehmen zu lassen, so dachte ich ja doch, dass Sie es nicht akzeptieren würden, all dies Blut vergeblich vergossen zu haben, all dies Blut, dem allein der Sieg hatte Sinn verleihen können. Ja, mon Capitaine, ich bin unbelehrbar und stets habe ich mich geweigert, einzusehen, dass Sie im Grunde genommen nichts anderes waren als ein Lakai, ein treuer und seinen Herren gegenüber für den Tand, mit dem diese ihre Niedertracht vergelten, völlig mit Dankbarkeit erfüllter Diener, und Sie haben sich nicht gerührt, Sie akzeptierten die Schande, die man uns aufbürdete, ohne zu murren, wie die anderen Lakaien auch, einst unsere Waffenbrüder, von denen wir jedoch erfuhren, dass sie abtrünnig geworden waren, einer nach dem anderen, all ihrer Gelöbnisse zum Trotz, und Paul Mattei hatte zu mir gesagt, Horace, das darf auf diese Weise nicht enden. Nein, mon Capitaine, nichts durfte auf diese Weise enden, in einem allerletzten grotesken Mummenschanz, nicht dieser Krieg, nicht unsere Revolte, denn wir weigerten uns ja, unsere Versprechen zu vergessen, und ja, wir haben sie auch um jeden Preis gehalten, da wir allem, was unser Leben bis dahin ausgemacht hatte, entsagten, dieser Armee an Feiglingen, diesem Land der Lakaien, das sein Gedächtnis verraten und verschämt den Blick abgewandt hatte, als wir Belkacem und die Seinen zum Schlachthof führten, als ob das Blut dieser Männer keinen Wert gehabt hätte, und ich hatte es nicht verhindern können, mon Capitaine, aber meine Versprechen habe ich halten können und ich habe beweisen können, dass das Blut einen Preis hatte, einen exorbitanten Preis, den es zu zahlen galt. Bei der Eröffnung unseres Prozesses stand Paul auf und fragte Von was sollte ich eigentlich freigesprochen werden?, und schwieg dann, ich hingegen, mon Capitaine, ich habe denen das Vergnügen jeglichen Wortes versagt, ich habe sie der Tugend ihrer gezielten Empörungen überlassen und mich geweigert, in welcher Form auch immer am Verlauf dieser Komödie teilzunehmen, ja, ich habe mich nicht einmal dem widersetzt, was unser Anwalt Sie als

Zeugen hat zitieren lassen. Oh, mon Capitaine, nach alldem hatte ich vielleicht noch nicht einmal aus Prinzip nicht protestiert, vielleicht hatte ich mir noch immer irgendetwas von Ihnen erwartet, ich bin unbelehrbar, oder aber ein geheimer Teil meiner selbst, verborgen in den Abgründen meines Herzens, frohlockte vielleicht bei der Vorstellung, Sie wiederzusehen, niemand vermag dies zu sagen, und ich habe Ihnen zugehört, als Sie Ihre Aussage dem Gericht gegenüber machten, ich habe Sie mit den üblichen Worten über unser beispielhaftes Verhalten in Indochina reden hören, über die Schwierigkeit, in Algerien zu dienen, und über die außergewöhnlich tragischen Umstände, die möglicherweise die Abgründigkeit unseres Verrates mildern könnten, und ich war bestürzt, denn bis auf den einen Moment, da Sie ich weiß nicht welche Albernheiten genau über die Schwierigkeiten, die eigene Seele bei diesem grausamen Krieg zu schützen, vor sich hinbrummten, wirkten Sie die ganze Zeit über, als spulten Sie eine Lektion herunter, mon Capitaine, Sie blickten starr vor sich hin, ich erinnere es sehr genau, und es war so offensichtlich, dass Sie aus keinem anderem Grund als dem der Pflicht anwesend waren, unsere Handlungen hatten in Ihnen einen so heftigen Widerwillen ausgelöst, dass vielleicht sogar Ihre Zeugenaussage schließlich unser Todesurteil bestimmte. Nein, mon Capitaine, dies zu erfahren würde mich nicht verwundern, aber das ist es nicht, was ich Ihnen übel nehme, der Tod war mir doch schon so lange vertraut, nicht wahr, und es war ja gerade die Aussicht, in dieser so fragilen und alten Welt weiterhin zu leben, die mir merkwürdig, beinahe furchterregend erschienen war, möglich, dass ich niemals fähig gewesen bin, dem Leben Gerechtigkeit widerfahren zu lassen, wie mein junger Seminarist es in den Briefen bereits beklagt hatte, die er mir von den Berghängen des Djurdjura aus schrieb, bevor irgendein merkwürdiger Gebietsanführer der FLN seine Hinrichtung beschlossen hatte. Sobald die Ruhe in der Stadt wiederhergestellt war, nachdem unsere Arbeit in der Villa von Saint-Eugène beendet gewesen ist, habe ich alles mir nur Mögliche getan, um eine Kampfzuordnung für ihn zu vermeiden, auch wenn er den Wunsch geäußert hatte, bei mir bleiben zu wollen, aber er hatte genug hinter sich, mon Capitaine, er hatte keine Wahl getroffen und Frieden verdient. Natürlich fällt es mir noch immer schwer, daran zu denken, dass ich ihn, weil ich ihm Frieden wünschte, in die Hände seiner Mörder trieb, aber der Mörder waren so viele, dass sie wahrscheinlich am Ende einer jeden Straße auf ihn gewartet haben, die ihn weit hinaus aus dem kabylischen Dorf hätten führen können, in welchem er als Lehrer eingesetzt war. Seinen ersten Brief erhielt ich nach drei Monaten, ich erinnere mich sehr genau, das war wahrscheinlich die Zeitspanne, die er benötigte, um den Trümmern, unter denen die Villa von Saint-Eugène ihn begraben hielt, zu entkommen und nach deren Ablauf er sich zu neuem Leben erwachen fühlte, er schrieb mir, dass er häufig an mich dachte, dass er es geliebt hätte, wäre ich für einige Tage auf Besuch vorbeigekommen, um zu verstehen, was das Leben ausmachen kann, trotz aller Armut, trotz des Krieges, und der Krieg schien ihm so weit zurückzuliegen, schrieb er noch, dass er häufig seine MAT 49 in der Ecke des Schulzimmers vergessen hätte, in der er sie morgens immer abstellte, die Kinder liefen hinter ihm her, um ihm seine Waffe zu bringen, obwohl er schon auf dem Weg zum Posten war, die Hände in den Taschen, lächelnd der untergehenden Sonne entgegen, als wäre auch er schließlich ein sorgloses Kind geworden, und genau so stelle ich ihn mir heute noch vor. Er dankte mir dafür, ihm diese Chance eingeräumt zu haben, und er bedauerte mich, er war sich sicher, dass auch für mich der Tag kommen würde, an dem ich zu neuem Leben erwachen sollte, und er sagte, dass er nicht mehr nach Frankreich zurückkehren würde, selbst nicht, wenn der Krieg vorbei wäre, er werde dableiben, bei seinen Kindern, er würde sie ihre Namen in schönen, geschwungenen Buchstaben zu schreiben lehren und ihnen beibringen, Abzählreime zu singen, im Gänsemarsch durch die Gassen des Dorfes zu laufen und

Freudenschreie auszustoßen und die Massen an Scoubidous zu knüpfen, die seine Mutter ihm per Post zugeschickt hatte und die die kleinen Mädchen lachend an ihre vielfarbigen Halsketten banden, er hat mir ihre Vornamen geschrieben, sie sind meinem Gedächtnis entwischt, Djeyda, Ghozlene oder Dihya, und er wiederholte noch einmal, dass er sie niemals verlassen werde, er sähe sie noch genau vor sich, wie sie sich darüber verwundern, fotografiert zu werden, auf der kleinen Mauer im Schulhof, im Sommerlicht, das die Farben ihrer Festkleider aufleuchten ließ, und nie mehr werde er sich von ihrem Lächeln entfernen, mit dem sie ihm das Herz brachen und es zugleich mit einer so unbezwingbaren Lebensliebe anfüllten, dass alle Erinnerungen an Leid und Tod, die ihn so manches Mal den Schlaf geraubt hatten, deren Glanz nicht eintrüben konnten. Sicherlich hatte er den Glauben an Gott verloren, aber der neue Glaube, der ihn beseelte, schien ihm unvergänglich und er bedauerte nichts. Die Eltern der Schüler luden ihn ab und an ein, mit ihnen zusammen Couscous mit einfachem Gemüse zu essen oder während der Glückstage einen gegrillten Keiler, dessen unreine Teile sorgsam entfernt, verflucht und ins Feuer geworfen wurden, er nahm seinen Posten mit immer mehr Verspätung ein, mit einem stets lässigeren Schritt, und dann, als er von einem dieser Essen zurückkehrte, eines Nachts im Jahre 1959, da wird er umgebracht. Der Lieutenant, der den Posten befehligte, wurde sich seiner Abwesenheit erst am nächsten Morgen bewusst und den verstümmelten Leichnam hatte man am Wegesrand vorgefunden. Seine MAT 49 war verschwunden. Wäre ich der Verantwortliche des Postens gewesen, ich hätte die ganze Familie, die ihn zum Essen geladen hatte und ja wusste, dass er allein in der Nacht zurückkehren würde, festnehmen lassen, ich hätte ihre Bruchbude abbrennen lassen, aber ich hatte es diesem Schwachkopf von Lieutenant noch nicht einmal vorgeschlagen, ich hatte mich in Erinnerung an meinen jungen Seminaristen darauf eingelassen, meinerseits ebenfalls zu glauben, dass das Lächeln, das seine letzten Wochen erhellte, rein und ehrlich war, und ich habe ganz einfach gebeten, man möge mir erlauben, den Brief persönlich zu schreiben, der an seine Eltern geschickt werden sollte. Das war zwar nicht üblich, der Lieutenant jedoch hatte sofort zugestimmt – tatsächlich habe ich ihn um einen Frondienst erleichtert, er hätte doch nur die nämlichen Formulierungen aneinanderzureihen verstanden, die auch Sie Ihrerseits bei meinem Prozess eingesetzt haben, mon Capitaine, die beispielhafte Führung, die tragischen Umstände, all diese Dummheiten, und seine Gleichgültigkeit hätte die Erinnerung an diesen Jungen beschmutzt, die so viel bedeutete, ja, sie war von Bedeutung, und Sie sind es, mon Capitaine, der mich die Notwendigkeit lehrte, die indirekten Wege der Lüge zu beschreiten, damit die Erinnerung der Toten ebenso geschützt sei wie auch ihre wesentliche Wahrheit, für sich genommen unendlich viel wertvoller als die platte Wahrheit der Fakten. Ich habe seine persönlichen Dinge an mich genommen, Briefe, ein kleines Lexikon, in das er begonnen hatte, Sätze auf Kabylisch samt Übersetzung zu notieren, den schwarzen Christus, eingewickelt in altes Zeitungspapier, und Hunderte von Fotos, die er im Dorf geschossen hatte. Ich habe den Brief an seine Mutter adressiert, ich habe ihr all meine Zuneigung beschrieben, die ich für ihren Sohn empfand, der unter meinem Befehl mehrere Monate gedient hatte, während derer ich seine menschlichen Fähigkeiten und seine unerschütterliche moralische Gradlinigkeit habe schätzen dürfen, ich habe die ausgesprochen wichtige Sekretariatsarbeit erwähnt, die er für mich geleistet hat, aber, habe ich ihr geschrieben, erst in der Kabylei habe die Aufgabe, die man ihm anvertraute, seiner eigentlichen Begabung entsprochen, und ich habe ihr versichert, dass er glücklich gewesen sei, so glücklich, dass er, obgleich er sich der Gefahr, in der er schwebte, bewusst war, nicht hatte abreisen wollen, mag sein, dass sie darin für ihren Kummer eine Aufmunterung gefunden hat, ich habe ihr geschrieben, dass sein Tod ein schneller gewesen wäre, dass er nicht gelitten hätte, ich habe ihr mein Wort darauf gegeben, mon Capitaine, ich wusste, dass man ihr den Leichnam in einem versiegelten Sarg überbringen und sie niemals erfahren würde, was man ihn in jener Nacht hatte erleiden lassen, und ich habe ihr geschrieben, dass alle Kinder, die zu den seinen geworden waren, untröstlich gewesen seien, dass sie ihn niemals vergessen würden, dass sie gemeinsam mit ihr in einem Dorf, das sie nicht kennt, an den Berghängen des Djurdjura Trauer um ihren Sohn tragen würden, und dies, mon Capitaine, könnte doch zumindest wahr sein. Schließlich habe ich ihr noch vorgeschlagen, ihr bei meiner Rückkehr nach Frankreich einen Besuch abzustatten, wenn sie es wünschte, aber ich hatte natürlich nie Gelegenheit dazu und so habe ich alle Sachen meines jungen Seminaristen zusammengepackt, alle bis auf das Foto der kleinen Mädchen auf dem Schulhof, Massiva, Leïla und Thiziri, das ich, da es mir es zustand, behalten habe, mon Capitaine, denn er hatte es für mich geschossen, für mich allein, und noch heute erinnere ich mich an ihn, wenn ich es anschaue, ich erinnere mich sehr genau, aber ich denke auch an Sie, mein Bruder, mon Capitaine, jedes Mal, wenn ich die ernsten Augen streife und dieses Lächeln, das Ihnen und mir untersagt ist, zu verstehen. Ich habe das Paket und auch den Brief verschickt und bin wieder in den Wilaya V, wo die Katibas von Colonel Lotfi unsere Posten bedrängten, bevor sie sich dann hinter die marokkanische Grenze flüchteten. Sie hätten erleichtert sein müssen, den Krieg so anzutreffen, wie sie ihn immer schon gekannt haben, mon Capitaine, am helllichten Tage, gegen bewaffnete Feinde, die Sie schlussendlich in den feuchten Kellern von El-Biar festgesetzt haben, aber es reichte, Sie einen Augenblick lang anzusehen, um zu wissen, dass Sie es nicht waren. Vielleicht hatten Sie verstanden, dass nichts von dem, was da angefangen worden war, beendet werden konnte, mon Capitaine, und dass selbst hier noch, vor den Toren der Sahara, Informationen zu erhalten die einzige bedeutsame Sache war. Als eine unserer Patrouillen unweit eines Dorfes südlich von Bechar massakriert wurde, bin ich mit meinen Männern zurück in dieses Dorf, wo auf der Erde hockende Kinder Katzengras kauten, die Augen niedergeschlagen hielten und sich von Zeit zu Zeit mit dem Ärmelrevers den grünen Speichel wegwischten, der ihnen übers Kinn lief, ein großer Hund mit spitzen Ohren hing, von Fliegen bedeckt, ganz in ihrer Nähe, ich erinnere mich sehr genau, in den Zweigen eines rachitisch wirkenden Baumes, ich habe die Dorfbewohner zusammenkommen lassen, bei Anwesenheit aller habe ich dem Dorfältesten eine Kugel in den Kopf gejagt, er ist zur Seite gefallen, sein Turban löste sich im Sand auf, eine Frau hatte einen Schrei ausgestoßen, die Kinder aber hatten sich nicht gerührt und ich habe Belkacem gebeten, den Dörflern zu übersetzen, was ich ihnen zu sagen hatte. Ich habe zu ihnen gesagt, dass sie dem Leben abschwören müssten, ich habe zu ihnen gesagt, dass sie alle sterben würden und dass sie zwischen dem Tod und dem Leben nicht zu wählen hätten, sie konnten allein die Hand wählen, die ihnen den Tod bringen würde, meine oder die der Rebellion, und ich habe zu ihnen gesagt, dass ich wiederkommen würde, jedes Mal, wenn sie die FLN und nicht mich informieren sollten, ich werde wiederkommen, jedes Mal, wenn sie einem Fellaga zu essen geben sollten, jedes Mal, wenn sie ihm Wasser aus ihrem Brunnen zu trinken geben sollten, nur ein einziger Tropfen, und ich komme wieder, sie werden mich kennenlernen, und sobald sie mich kennen sollten, würden sie nur noch hoffen, dass der Tod nicht durch mich zu ihnen fände. Hatte ich Ihnen erzählt, wie ich an die Informationen gelangt war, die es uns erlaubten, 1960 diesen Hinterhalt zwischen Taghit und Bechar zu errichten? Hatte ich es Ihnen erzählt, mon Capitaine? Ich glaube nicht, aber ich brauchte es Ihnen auch gar nicht zu sagen, nicht wahr, denn Sie wussten es ja genau, auch wenn Sie nichts davon hatten hören wollen. Es war nachts, mon Capitaine. Die Mondsichel strahlte am Sternenhimmel, ein Dromedarjunges saugte am Wegesrand der langen Wüstenstraße mit zitternd mageren Beinen an seiner Mutter. Sie hatten die

Maschinengewehrschützen oben auf einem Hang sich aufstellen lassen und als die Männer der Katiba vorbeikamen, haben Sie das Feuer eröffnen lassen. Die Gruppe, die ich befehligte, hat, als sie fliehen wollten, von hinten angegriffen und wir haben ein Dutzend Gefangene gemacht. Ich habe sie gefragt, wer ihr Offizier war, sie haben auf einen Leichnam gewiesen und ich habe sie am Wegesrand auf die Knie gehen heißen. Sie haben nicht gefleht, sie haben keine Fragen gestellt. Wahrscheinlich wussten sie, dass dies das Beste war, was ihnen passieren konnte. Sie sind vornüber umgekippt, mit dem Gesicht in den Sand. Ich habe das Dromedarjunge markerschütternde Schreie ausstoßen hören. Seine Mutter war von einer Salve getroffen worden und es beugte sich zu dem großen, regungslosen Körper hinunter, es versuchte, die Zitzen zu erreichen, um noch weiterzusaugen, schaffte es aber nicht und hob seinen langen Hals Richtung Mond und schrie. Ich ließ es ebenfalls erschießen. Ich wollte es nicht Hungers sterben lassen. Als ich wieder bei Ihnen war, hatten Sie mich gefragt, wie viele Gefangene wir hätten, und ich habe Ihnen geantwortet, dass wir keine Gefangenen hatten. Ich habe noch hinzugefügt, dass ich den Leichnam des Offiziers brauchen würde, und Sie gaben mir zu verstehen, dass ich gehen möge, und hatten dabei zur Seite geschaut, als wäre das Einzige, was Ihnen wirklich wichtig war, meine Gewissheit, von Ihnen verachtet zu werden. Tatsächlich aber war ich es, der Sie verachtete, mon Capitaine, mehr denn je in jener Nacht. Am nächsten Morgen bin ich mit dem Leichnam des ALN-Offiziers zurück ins Dorf und habe diesen vor den Augen der versammelten Dorfbewohner auf den Platz geworfen und zu ihnen gesagt, dass derjenige, der sie bedroht habe, tot ist und mit ihm all seine Männer, dass ich jedoch am Leben bin und allein die Lebenden zu fürchten seien. Sie haben sich der Leiche genähert und sein Gesicht betrachtet und ich schwöre Ihnen, mon Capitaine, dass ich trotz ihrer Furcht und ihrer Verzweiflung einen Augenblick lang ihre Anerkennung gespürt habe. Ich habe ihre Furcht und ihre

Verzweiflung benötigt, mon Capitaine, ich habe sie benötigt, um den Sieg erlangen zu können, den man uns mit ihrer schändlichen Komplizenschaft gestohlen hatte und für den uns all diese Leute auf immer dankbar gewesen wären. Ich habe sie nicht vergessen, wissen Sie, und als mich Jahre später der Taxifahrer vor dem Saint-George fragte, wo sich das Haus meiner Familie denn befände, habe ich dieses Dorf südlich von Bechar genannt und er hat mir geantwortet, dass er nicht verstanden habe, dass es so weit entfernt gelegen sei und dass er mich nicht dorthin bringen könne, nicht wegen der Distanz, er habe bereits weitere Routen gefahren und hätte mit mir auch für mehrere Tage in den Süden fahren können, er hätte mir einen Fixpreis dafür gemacht, sondern aufgrund der Gefahr. Es gab viele Scheinabsperrungen und er sagte zu mir, dass genau in der Nähe meines Dorfes einer ganzen Hochzeitsgesellschaft, die auf den Weg nach Taghit war, die Kehle durchgeschnitten worden sei, sogar den Musikern, ob ich davon gehört habe?, und ich habe zu ihm gesagt Ja, davon habe ich gehört, ich kannte die Straße sehr gut, auf der es geschehen war. Vielleicht haben die ihre Absperrung am gleichen Ort errichtet, an dem unsere Maschinengewehrschützen die Katiba dezimierten, die werden in ihren gestohlenen Uniformen gewartet haben, und die Braut, die Zohra hieß, Hayet oder Sabah, es ist mir unmöglich, es zu erinnern, dachte wohl, dass die unaufhörlichen Polizeikontrollen den Augenblick des Festes verzögern würden und damit auch den der Zweisamkeit, die Leute hörten nicht auf zu singen, mon Capitaine, sie sangen Ich liebe Dich, Sara, lass mich in Deinem Herzen fortbestehen, und die Braut sah, dass die Polizisten keine ordnungsgemäßen Schuhe trugen, die Autos wurden langsamer, alle Augen starrten auf die ungleichen Schuhe, irgendwer stieß einen Schrei aus, während eine einzelne Stimme das Ende sang Für Dich würde ich sterben, Sara, und sie alle haben in diesem Moment gewusst, dass sie Taghit niemals erreichen würden und dass sie sich niemals in den Schatten unter das für sie nahe des

Palmengartens aufgestellte Zelt setzen werden, dort am Fuße der Erdmauern, die Braut drückte sich an ihren Gatten, der seine Hand auf ihren sterilen Bauch legte, ihren Bauch eines altes Mädchens, der für nichts mehr taugen würde, und man hat sie aus den mit weißen Schleifen geschmückten Autos steigen lassen, das Wetter war so heiß, dass das Blut beinahe augenblicklich getrocknet war, der Wüstenwind ließ eine Darbuka durch den Staub rollen, blies den Stoff der Seidenkleider auf, ließ die zerrissenen Spitzen durch die Lüfte fliegen und trug Richtung Meer kleine rosenfarbene Sandkörner. Der Taxifahrer sagte traurig, dass das Leben einfach nicht aufhöre, hässlich zu werden, bevor er dann lächelte und mich darauf aufmerksam machte, dass sich der Himmel verdunkelt hatte, Hier haben wir an einem Tag alle vier Jahreszeiten, sehen Sie?, und ich habe zu ihm gesagt Ich weiß, in einem gewissen Sinne ist dieses Land auch das meine, aber da wurde er wieder traurig und murmelte Nein, Monsieur, dies ist kein Land mehr, kein Menschenland, es ist ein Schlachthof und ein Gefängnis, und wir, wir sind die Schafe des Opferfestes, er erzählte mir, dass seine zwölfjährige Tochter begonnen hatte, Nacht für Nacht ins Bett zu machen, sie wachte schreiend auf und war völlig in Pisse gebadet, als wäre sie nicht zwölf sondern drei oder sogar zwei, und dass die funkelnden Wolfsaugen ihr im Dunklen wieder auflauern würden, die Nacht war erneut angefüllt mit Wölfen und Monstern, sie spürte deren warmen Atem in der Dunkelheit ihrer Albträume und wachte schreiend auf, der saure Geruch der Pisse stieg ihr in die Nase und sie machte ihren jüngeren Brüdern ebenfalls Angst, die dann auch zu schreien anfingen, es war nichts zu machen, vergeblich konnte man sie herzen, mit ihr schimpfen, ihr sagen, dass sie kein Kind mehr sei, sie machte es Nacht für Nacht wieder, sie zu schlagen hätte keinen Sinn ergeben und er konnte seine Tochter gar nicht schlagen, weil er sie liebte und weil er verstand, woher ihre Angst kam, also hat er sie in seine Arme genommen, ganz mager und stinkend, und wartete darauf, dass sie wieder einschlief.

Und er sagte Sie haben Glück, Monsieur, dass Sie das Land verlassen haben, aber sehen Sie, es fängt an zu regnen und in einer Stunde klart es wieder auf. Ich habe nichts darauf geantwortet und habe an meinen jungen Seminaristen gedacht und ich habe mich gefragt, ob sein neuer Glaube der Gewalt des Lebens standgehalten hätte und für wie lange oder aber ob er schlussendlich begriffen hätte, dass das Lächeln der Kinder nichts zu bedeuten hat und dass wir, mon Capitaine, recht hatten, es nicht zu verstehen, und ich habe mich daran erinnert, dass die Wege der Lüge manchmal zur Wahrheit führen, so wie Sie es mich gelehrt hatten, denn ich war mir nun sicher, dass er, wie ich es seiner Mutter geschrieben hatte, nicht mehr hatte weggehen wollen, selbst dann nicht, wenn er seinen Tod vorweggefühlt hätte. So ist es, mon Capitaine, aus der Lüge gebiert sich die Wahrheit, der junge Seminarist akzeptierte es, zu sterben, und Capitaine Lestrade war ein Held, warum sollten sie zu beklagen sein? Aber für Sie, mon Capitaine, für Sie war es wichtig, weiterzuleben wie ein Lakai, indem Sie sich an Prinzipien klammerten, an die zu glauben Sie selbst nicht mehr die Kraft besaßen, ich bin mir dessen in jener Nacht auf dem Weg nach Taghit bewusst geworden, ich erinnere mich sehr genau, Sie betrachteten den Mond, als wären Sie allein auf der Welt und hätten nicht einmal mehr die Kraft, sich Ihrer Siege zu erfreuen, selbst Ihre Verachtung war ein Zeichen der Schwäche. Ich muss Sie sehr geliebt haben, mon Capitaine, um nicht schon damals verstanden zu haben, dass in Ihren Augen nichts mehr Bedeutung besaß, nicht einmal mehr Ihre eigene kleine Person, an der Sie ja zumindest doch so sehr gehangen haben, und wenn ich begriffen hätte, was aus Ihnen geworden war, ich hätte niemals 1961 auf Sie gezählt und Ihre erbärmliche Aussage bei unserem Prozess hätte mich nicht überrascht und in dem Maße verletzt, wie Sie mich häufig verletzt haben, mon Capitaine, ohne sich dessen auch nur bewusst gewesen zu sein. Es ist so schwierig, sich damit abzufinden, wieder zu leben, ich weiß es sehr genau, ich weiß es so lange schon, mon Capitaine, ich habe meinem Anwalt verboten, in Revision zu gehen, ich wollte nicht mehr warten, ich wollte keine Reden mehr hören, ich wollte das vernichtete Gesicht meiner Eltern nicht mehr ertragen müssen im Besucherraum von Fresnes, auch die Tränen der Schwester von Paul Mattei nicht, und ich hoffte, dass dies alles nicht mehr lange dauern würde, aber Salan hatte seinen Kopf gerettet und mir war klar, dass sie uns nicht hinrichten würden. In der Nacht, die auf die Verkündung unserer Begnadigung folgte, hatte Paul versucht, sich umzubringen, aber sie haben ihn gerettet, sie haben ihn nicht einmal seinen Tod wählen lassen, und als ich ihn nach der Entlassung aus dem Krankenhaus wiedergesehen habe, mon Capitaine, da sagte er zu mir Was für eine Komödie, Horace, was für eine Komödie und was für eine Schande, ich habe Ja geantwortet und ihn in meine Arme genommen. 1968 sind wir entlassen worden und nach Hause gegangen. Ich hatte mein Dorf seit meiner Rückkehr aus Indochina nicht wiedergesehen, hatte dort aber noch immer mein Haus und einen Platz auf dem Friedhof. Ich habe jahrelang kein Wort an die militanten Kommunisten gerichtet, mit denen ich in meiner Kindheit gespielt hatte, und sie schauten mich an, als wäre ich der Teufel. Aber alles ist so belanglos, mon Capitaine, alles ist so schnell vergessen, der Hass kühlt ab, dann vergeht die Gefühlskälte und schließlich haben wir uns beim Kartenspiel wiedergefunden, in der Dorfkneipe, winters beim Ofen, sommers unter der Weinlaube, bis alle alt waren. Ich habe Paul nicht mehr angerufen, da wir uns nichts mehr zu sagen hatten, aber nie habe ich die Hoffnung aufgegeben, Sie eines Tages wiederzusehen, mon Capitaine, ganz zufällig vielleicht, ich erinnerte mich nicht mehr an den Namen des Dorfes, aus dem Ihre Frau stammte, und ich hätte mich zudem auch ganz gewiss nicht dorthin begeben, aber ich war ununterbrochen davon durchdrungen, Sie wiederzusehen, vielleicht beim Einkauf in der Stadt, an einer Straßenecke, und ich wusste, dass ich Sie wiedererkennen würde, ich hatte ja das

Gesicht des Alten, zu dem Sie geworden sind, bereits gesehen gehabt, ich hatte es für einen Augenblick aufscheinen sehen an jenem Morgen im Frühling 1957 und ich erinnere mich sehr genau daran. Ich weiß nicht, warum ich Sie unbedingt habe wiedersehen wollen, vielleicht um eine alte Schuld zu begleichen, deren Fälligkeitsdatum ich während all dieser Jahre immer wieder aufgeschoben habe – denn ich schulde Ihnen etwas, mon Capitaine, seit Langem schon, etwas, das ich nicht mehr bei mir behalten möchte. Wir hatten alles vorbereitet, wissen Sie, während Sie Ihren Chimären nachträumten, wir hatten alles vorbereitet. Wir hatten einen Haken an der Decke befestigt, an dem wir dann ein Seil aufgehängt haben, es war in einem Keller. Was immer Sie auch denken mögen, mon Capitaine, ich mag es nicht besonders, jemanden leiden zu lassen, ich begnüge mich damit, das Nötige zu tun und es gut zu tun. Während wir auf dem Weg nach Saint-Eugène waren, hat Tahar nichts gesagt. Er saß zwischen dem Seminaristen und Belkacem, der sein Lied leise vor sich hin pfiff, und betrachtete seine gefesselten Hände. Als wir in der Villa ankamen, hat er das Seil und den Stuhl gesehen und wirkte nicht überrascht. Wenn ich ihn hätte töten können, ohne dass er etwas bemerkt, ich hätte es getan, aber dies war nicht möglich und mir war es ebenfalls wichtig, ihm an diesem Punkte Gerechtigkeit widerfahren zu lassen, mon Capitaine, er war mutig, das stimmt, auch wenn das nicht wirklich von Bedeutung war. Einen Augenblick lang befürchtete ich, er werde auf die alberne Idee kommen, uns eine Rede halten zu wollen oder einen historisch bedeutsamen Ausspruch zu machen, aber er tat es nicht, er begriff die Situation und wusste, dass dies nicht der geeignete Moment war, sich was weiß ich für lächerlichen Kindereien hinzugeben. Aber eines hat er doch gesagt, ja, er hat etwas gesagt und ich schulde Ihnen die Wahrheit. Er hat sich mir zugewandt und mich gefragt Würden Sie Capitaine Degorce von mir etwas ausrichten?, und ich habe ihn angesehen und habe Nein gesagt. Wir haben ihn umgehend auf den Stuhl gehievt, um ihm das Seil um den Hals zu legen, ich habe gegen den Stuhl getreten und Belkacem hat ihm die Arme um die Hüften geschlungen und sich an ihn gehangen. Der junge Seminarist ist aufrecht nahe der Tür stehen geblieben und hat den Kopf abgewandt. Alles war sehr schnell beendet. Vielleicht hätte ich seine Nachricht entgegennehmen sollen, vielleicht hätte ich zumindest am nächsten Morgen Ihnen sagen sollen, dass er den Wunsch geäußert hatte, Ihnen etwas auszurichten, von dem weder Sie noch ich je etwas in Erfahrung bringen werden, aber ich habe mich nicht dazu entschließen können, mon Capitaine, Sie hatten mich wie einen Hund behandelt und ich wollte Ihr Leid nicht erleichtern, oder aber ich wollte Sie vielleicht nicht noch mehr leiden lassen. Ich hätte dies alles weiterhin in den Tiefen eines Kellers in Saint-Eugène verblassen lassen können, und zwar für immer, aber meine Loyalität ist unbelehrbar und bei aller Wahrheit, mon Capitaine, nichts ist verblasst, ich erinnere mich an alles, ich erinnere mich sehr genau und ich habe alles mit mir mitgeschleppt, die Lebenden wie die Toten, und deshalb musste ich auch dorthin zurückkehren, der unfruchtbare Landstrich meiner Kindheit wurde mir immer fremder, Tag um Tag, und ich habe den Taxifahrer nicht angelogen, als ich zu ihm sagte, dass sein Land auch das meine sei, und zwar gerade, weil es gar kein Land mehr ist und es Länder für Menschen wie mich oder Sie, mon Capitaine, nicht gibt. Am Vorabend meiner Abreise habe ich den Taxifahrer eingeladen, mit mir im Restaurant Saint-George zu Abend zu essen, in das er natürlich noch nie einen Fuß gesetzt hatte. Wir tranken einen Magenbitter unterm Jasmin und er beobachtete die Kellner unruhig, als hätte er jeden Augenblick damit gerechnet, rausgeschmissen zu werden. Am nächsten Morgen, bevor er mich dann zum Flughafen brachte, der den Namen von einem unserer Feinde trägt, hat er mich eingeladen, Tee bei ihm zu Hause zu trinken, in einem Sozialbau in Bab-el-Oued. Sein Wohnzimmer war überfüllt mit Plastikkanistern voller Wasser, auf denen seine Tochter den Tee servierte und Teller voller

Gebäck, das aus einer Konditorei stammte, in der er ein Vermögen dafür bezahlt haben musste. Wir haben nicht viel gesagt. Die Frau des Taxifahrers wiegte ein kleines Baby, das weinte. Seine Tochter hat sich mir gegenüber auf den Boden gesetzt und mich lächelnd angesehen, mit demselben ernsthaften und schweren Blick, dem ich so häufig auf diesem Foto begegnet bin, das vor so langer Zeit geschossen worden war an einem Sommermorgen in der Kabylei. Ich habe sie nicht nach ihrem Vornamen gefragt. Als ich mich aufmachte, erhob sie sich, um mich zum Abschied zu küssen. Sie roch nach Eau de Cologne. Und wir sind Richtung Flughafen, mon Capitaine. Ich wusste, dass ich nie mehr wiederkehren würde. Ich habe die Hand des Taxifahrers geschüttelt und habe die Deponie von El-Harrach hinter mir gelassen, die Küstenstraße, Saint-Eugène, die eingestürzten Häuser der Casbah, die funkelnden Augen der Wölfe in der Finsternis und all die Kinder, die lächeln, ohne zu wissen warum, und sehr weit unten im Süden, auf der langen Wüstenstraße unserer grausamen Jugend den Schatten einer namenlosen Braut, die die Nacht ihrer Nächte erwartet, zwischen Taghit und Bechar.

29. März 1957: DRITTER TAG

Johannes, II, 24–25

Die Vollkommenheit der Gesten ist eine unzumutbare Beleidigung. Der linke Fuß nach hinten gesetzt, aufgestützt auf die Ferse, ermöglicht es dem Körper, sich in einer einzigen flüssigen Bewegung zu drehen. Der Rücken ist tadellos grade, die Schulterblätter hervorspringend wie Klingen, der Nacken unterhalb der Linie der roten Baskenmütze ausrasiert, und Capitaine Degorce verspürt den Wunsch, das Magazin seiner Maschinenpistole in diesen verhassten Nacken zu entladen. Aber es ist zu spät und er bleibt hinter seinem Schreibtisch sitzen, zitternd vor Scham und Verzweiflung. In der vorhergehenden Nacht war noch Zeit gewesen, aber er war ja so naiv in der vorhergehenden Nacht. Er ging langsam an Tahars Seite an den Soldaten vorbei, die entsprechend dem Befehl von Adjudant-Chef Moreau gekommen waren, um die Waffen zu präsentieren, und das köstliche Gefühl der erfüllten Pflicht breitete sich so angenehm in ihm aus, dass er nicht einmal reagierte, als Lieutenant Andreani sich erlaubte, traurig mit dem Kopf zu nicken und zu murmeln »Oh! André, mein Gott ... André ...«, es schien ihm, dass nichts von dem, was dieser Mann auch immer denken mochte, ihn erreichen konnte, aber es wäre in genau diesem Moment nötig gewesen, dass er ihm aus dessen Halfter die Pistole gezogen hätte und sie alle wie tollwütige Hunde abgeknallt hätte, Horace Andreani, seinen Seminaristen, diese kleine Ratte, und Belkacem. Aber er hat nichts dergleichen getan, er hatte nicht einmal eine Sekunde lang darüber nachgedacht, verständlicherweise, denn er ließ Tahar nicht aus den Augen, als Belkacem diesen brutal ins Auto stieß und dabei irgendetwas auf Arabisch murmelte, und wie gern hätte er es gesehen, wenn Tahar sich noch einmal zu ihm umgedreht und ihn angelächelt hätte, aber er hat es nicht getan und Capitaine Degorce hat einfach nur gedacht, dass sie so nicht hätten Abschied nehmen dürfen voneinander, auch wenn sie sich eines Tages wiedersehen sollten, bei strahlendem Sonnenschein. Und nun und für immer ist es zu spät. Er schlief den friedlichsten Schlaf, der ihm seit Langem gegönnt war, zu einer Stunde, in der um den Hals von Tahar ein Seil gelegt wurde, und die Zuckungen seines Todeskampfes haben ihn nicht geweckt. Am Morgen hat er seinen Kaffee getrunken und friedlich am offenen Fenster seine Zigarette geraucht, ohne zu wissen, dass er der Komplize eines Verbrechens geworden war, das zu büßen ihm niemals möglich sein würde.

(Sie haben ihn mir genommen, Andreani, Sie haben ihn mir genommen.)

Wie sollte er seine Naivität büßen, seine unergründliche Dummheit, die absolute Nichtigkeit seiner optimistischen Vermutungen? Er hatte nicht bedacht, dass von nun an die Unverschämtheit in einem Maße vorherrschen würde, dass selbst die Lüge sich nicht einmal mehr mit dem Schmuck der Wahrscheinlichkeit aufputzen musste, es genügte bereits, mit wissendem Augenzwinkern zu behaupten: »Tarik Hadj Nacer hat sich in seiner Zelle das Leben genommen«, bei Verachtung aller Evidenz und ohne nur einen Gedanken daran zu verschwenden, ob man dabei rüde wirkte, da ja die hündische Angst, die die Männer in ihre Gewalt genommen hatte, diese schließlich dazu brachte, die Lüge zu lieben, oh ja, sie liebten sie und sie sehnten sich nach ihr mit aller Kraft ihrer Sklavennaturen, und wenn man dem allem auch noch den schamlosesten, den kältesten Zynismus hinzufügte, ja, dann kannte ihre Bewunderung keine Grenzen mehr, und Capitaine Degorce hatte nichts bedacht, nichts gesehen, nichts verstanden; es bleibt ihm nichts anderes als der armselige Trost, es nicht gewollt zu haben.

(Aber dies ist der Fehler, nicht die Entschuldigung: der Fehler.)

Er würde zu gerne den Colonel anrufen, ihm sagen, dass er nichts anderes sei als ein würdeloser Mörder, aber er kann es nicht, ist er doch selbst ein Mörder. Er weiß es mit Gewissheit: allein zählt, was er getan, nicht, was er gewünscht, und er geht hinaus in die Flure, das elektrische Licht sticht ihm in den Augen, seine Beine sind schwer, und nachdem er Moreau angetroffen hat, nimmt er diesen am Arm und sagt zu ihm mit ganz dünner Stimme, während er ihm in die Augen schaut:

– Er ist fort, Moreau. Sie haben ihn mir genommen.

(Ich habe ihn ausgeliefert, ich.)

– Kommen Sie, mon Capitaine, sagt Moreau und führt ihn übereilt in die Küche, kommen Sie her, setzen Sie sich. Wollen Sie etwas Wasser?

Capitaine Degorce lässt sich auf einen Stuhl fallen.

– Sie wissen es, nicht wahr? Sie wissen, was die gemacht haben?

– Ja, mon Capitaine. Alle wissen es.

Capitaine Degorce legt sich eine Hand aufs Gesicht. Er findet seine Ruhe wieder.

– So macht man das nicht, Moreau, sagt er traurig, nein, so führt man keinen Krieg. Nicht wir.

– Dieser Krieg ist dreckig, mon Capitaine, antwortet Moreau mit Gutmütigkeit. Das wissen Sie ebenso gut wie ich.

– Man möchte meinen, ich hätte es nicht gewusst.

Der Adjudant-Chef reicht ihm ein Glas Wasser, das er mit einer Geste zurückweist.

– Lassen Sie mir einen Wagen kommen.

*

Der Fahrer setzt ihn an der Basilika Notre-Dame-d'Afrique ab. Die ganze Fahrt über hat er sich die Kühle der Kirche vorgestellt, den das Holz des Beichtstuhls imprägnierenden Geruch nach Weihrauch und Feuchte sowie die achtsame Anwesenheit des Priesters auf der anderen Seite des Gitters, aber auf den Stufen des Vorplatzes bleibt er aufrecht stehen, die Baskenmütze in der Hand, er sieht den gekreuzigten Christus hinter dem Altar, die Votivtafeln, alte Damen grüßen ihn mit einem Kopfnicken, er kann keinen einzigen Schritt machen. Er hat das Gefühl, dass ihn, sollte er einen Schritt nach vorn gehen, eine unsichtbare Hand davonjagen würde und die Hostie ihn wie Säure verbrennen würde. Gott will nichts von ihm wissen. Er setzt seine Baskenmütze wieder auf und nähert sich der Esplanade. Ein leichter Nebel schwebt über dem Meer und er hört das Geräusch der Wellen, die an den Felsen weiter unten in Saint-Eugène zerstieben. Alles, was er zu erfüllen versäumt hat, wird nicht mehr erfüllt werden können, jetzt, und er verspürt einen furchtbaren Kummer darüber. In der Ferne, in der umzingelten Casbah, ruft der Muezzin zum großen Freitagsgebet, da sich die weiten Paradiese der Seele der Märtyrer öffnen, und da wäre also das ganze Glück, von dem Tahar gesprochen hat, der genau wusste, dass er zu sterben hatte, Capitaine Degorce begreift es erst in diesem Augenblick und es stimmt ihn traurig, zu denken, dass Tahar, dies wissend, sich nicht noch ein letztes Mal, um ihn anzulächeln, zu ihm umgedreht hatte. Warum aber hätte er den Mann anlächeln sollen, der ihn an seine Henker auslieferte?
(Ich wusste es nicht, oh Herr, ich wusste es nicht.)
– Fahren wir zurück nach El-Biar.
Der Wagen fährt über die sonnendurchfluteten Straßen und er sieht sich noch einmal in der vorhergehenden Nacht, Tahar direkt

neben ihm sitzend, aber er verharrt nicht ruhig dieses Mal, er erhebt sich wortlos, er löst seine Fesseln und nimmt ihn am Arm, er führt ihn in das Labyrinth der stillen Flure bis hin zur Tür, die hinausführt in die Nacht, die von einer zarten Mondsichel erhellt wird, und er stößt Tahar sachte in die Mondhelle hinaus, bevor er die Tür wieder verschließt und sich des wiedergefundenen Friedens erfreut. Er hätte das tun können, vor wenigen Stunden erst, da hätte er dies noch tun können; so dürfte auch Pilatus, der Statthalter von Judäa, geträumt haben, als das Gewitter der Kreuzigung bereits den Himmel über Jerusalem in Stücke zerriss.

(Und ich selbst, ich ersehne die Lüge und finde Gefallen daran. Nein, oh nein, ich hätte es nicht getan, selbst wenn ich es gewusst hätte. Ich hätte es nicht getan. Ich habe die Macht, die Macht erdrückt mich, ich kann nichts dafür. Ich habe kein Recht, Rechenschaft zu verlangen. Ich habe nicht einmal das Recht auf Reue.)

In seinem Büro betrachtet er Tahars Foto auf dem Organigramm, er würde gern Worte der Entschuldigung murmeln, deren Obszönität ihn anekeln, und seine Lippen bleiben verschlossen. Es ist zu spät. Alles ist gesagt. Er nimmt seine Post. Er hat nur einen einzigen Brief an diesem Morgen, von Jeanne-Marie, und er weiß, dass es ihm unmöglich sein wird, ihn zu öffnen. Er zerreißt ihn und wirft die Stücke in den Mülleimer. Kein einziges zärtlich gemeintes Wort wäre erträglich. Golden glühende Wolken ziehen am Himmel vorbei und er verfolgt sie vom Fenster aus mit den Augen. Er hat das Gefühl, dass er soeben all die glücklichen Erinnerungen seines Leben zerrissen hat, als wäre er zu einem Mann geworden, dem von nun an selbst die glücklichen Erinnerungen verboten sind, und er sackt unter dem Gewicht einer grauenerregenden Nostalgie zusammen. Die Felsbuchten von Piana spannen sich im Sonnenuntergang vor ihm auf und Claudie spielt mit Jacques auf der Hotelterrasse, aber ein gelblicher und krankhafter Farbton bleicht den Himmel sogar bis in sein Gedächtnis hinein aus und er wird von nun an seine kristallklare Helligkeit nicht mehr wiedererlangen.

(Nebel bin ich, süßliche Fäulnis, die sich überall einschmeichelt. Ich bin es, der die Farben der Schöpfung verdirbt. Ich träufle der Welt mein Gift ein und die Schönheit wendet sich ab von mir.)

Er liebte die Schönheit so sehr, mit einer so inbrünstigen Liebe – die schwerblütige Schönheit ritueller Worte, die strahlende Schönheit der Mathematik, die seine Studentenjahre erhellte. Nach zwei Wochen Unterricht hatte Charles Lézieux ihn gebeten, ein paar Schritte mit ihm gemeinsam zu machen, nach der Oberschule, und er hatte zu ihm beim Spaziergang entlang der steilen Ufer des Doubs mit einer beinahe finsteren Miene wegen eines solch gewichtigen Geständnisses gesagt, dass er außergewöhnlich begabt wäre. Und er war es. Der Erfolg kostete ihn keinerlei Anstrengung, als hätte er einen besonderen Sinn ausgebildet, eine untrügliche geometrische Intuition, von der die Mehrheit seiner Mitschüler nicht betroffen war und die es ihm erlaubte, unmittelbar vor sich in Erscheinung treten zu sehen, was die anderen nur am Ende mühseliger Überlegungen herausgefunden haben. Die Beweise dienten ihm zu nichts anderem als der Bestätigung dessen, was er bereits geahnt hatte, und er achtete darauf, dass sie stets von besonderer Eleganz waren, rein, konzise, hell strahlend, denn er wusste, dass Wahrheit und Schönheit gemeinsam entdeckt werden müssen und dass die eine ohne die andere wertlos ist. Die Mathematik gewährte Zugang zu einer ewigen, unveränderlichen, unendlichen Welt, ohne dass es nötig wäre, auf das Jüngste Gericht zu warten. Er besaß den Schlüssel zu dieser Welt, die ihn Gott näher brachte, und er dachte, dass ein Leben, das damit verbracht werden würde, diese zu erforschen, ein perfektes Leben wäre. Die elitären Ingenieursschulen interessierten ihn nicht, zur großen Zufriedenheit von Lézieux, der seine Verachtung gegenüber allem, was den Niederungen des Praktischen angehörte, teilte und ihm, als er an seiner Seite ging, seine Gewissheit verkündete, dass er an der Ecole normale supérieure angenommen werden würde. Die Ewigkeit jedoch ist nicht geschützt vor dem Leiden der Welt. Der Krieg ging weiter und André Degorce hatte das immer stärkere Gefühl, dass seine blinde Seligkeit eine Sünde war. Irgendetwas Schlechtes hatte sich ausgebreitet und diese Sache begnügte sich nicht damit, das Leben auszulöschen, sie musste es zuvor noch beschämen und in den Schmutz ziehen; bald schon würde kein Weg mehr zur unendlichen Schönheit führen und der Menschen Seele würde so abgrundtief verdorren, dass sie es nicht einmal mehr bedauern könnten. Wochenlang hat er gegenüber Lézieux, der das Gespräch unabänderlich wieder auf die Arbeiten von Cantor oder auf den Hilbertraum lenkte, seinen Wunsch ausgesprochen, sich nützlich machen zu wollen, bis er ihm eines Tages dann antwortete, dass er ihm nun die Möglichkeit gewähren könnte, sich nützlich zu machen. Die Alliierten waren soeben in der Normandie gelandet und Lézieux dachte wahrscheinlich, dass sein Schüler damit vor baldigen Vergeltungsmaßnahmen geschützt wäre. Nicht einmal einen Monat später, kurz bevor die Tür der Wohnung, in der sie sich treffen wollten, eingeschlagen worden war, ließ das überstürzte Gehämmer von Schritten auf der Treppe André das Herz gefrieren und mit der Rückkehr aus Buchenwald war ein der Mathematik gewidmetes Leben nicht mehr vorstellbar gewesen. Er hatte sich niemals als besonders kampfeslustig empfunden, Disziplin hatte ihn nie gereizt und für Handlung hatte er keinerlei Sinn, eine militärische Karriere jedoch drängte sich ihm mit absoluter Notwendigkeit auf. Die Möglichkeit von Schönheit musste bewahrt werden, das war alles, was von Bedeutung war, selbst wenn dies heißen sollte, dass er sich von ihr abwenden musste und davon abzusehen hatte, sich an ihr erfreuen zu dürfen.

(Und das habe ich aus meinem Leben gemacht.)

Heute ist er es, der die Treppen hochrennt, und der Lärm seiner boshaften Schritte verlängert den Schrecken und den Tod, den er hat bekämpfen wollen. Er hat in die Welt all das eintreten lassen, was er aus ihr hatte verjagen wollen. Keines der Ziele, die er einst verfolgte, konnte ihn davon freisprechen. Es ist unmöglich, zu verstehen, was geschehen ist. Er hat alles verloren. Sein einziger Kontakt mit der Mathematik lässt sich in schmutzigen statistischen Berechnungen zusammenfassen, die seine vertraulichen Berichte schmücken. Er hat alles, was ihm mitgegeben war, ruiniert, die Barmherzigkeit Gottes überstrapaziert und seine Seele ruht irgendwo, weit, weit hinter ihm.

*

Robert Clément sieht furchtbar aus. Er hat in dieser Nacht wohl kein Auge zugemacht. Seine Augen glänzen und sind von Rändern gezeichnet. Ein kleiner Pickel ist ihm am Mundwinkel direkt unter dem Schnurrbart gewachsen. Er atmet sehr heftig. Capitaine Degorce ist überrascht, dass ihn eine einzige Nacht in einen solchen Zustand gebracht hat. Er weiß, dass er bald reden wird. Er kniet sich vor ihm nieder.

– Sehen Sie, die Nächte sind schwierig, sagt er und seine Stimme klingt exakt wie am Vortag, ruhig und taktvoll, als ob nichts geschehen wäre. Sollen wir alldem ein Ende bereiten?

– Ich habe Ihnen nichts zu sagen, antwortet Clément. Wie häufig werde ich das noch wiederholen?

– Das weiß ich doch nicht!, verwundert sich Capitaine Degorce. Sie können mir das so häufig wiederholen, wie Sie wollen! Ich weiß, dass es falsch ist, und das ist alles, was zählt.

Er wendet sich Moreau und Febvay zu.

– Unser Freund wirkt nicht gerade gut in Form, nicht wahr? Und doch ist es ziemlich dumm, derart zu beharren, was?

– Gewiss, mon Capitaine, verdammt dumm.

Die Harkis stimmen mit wissendem Mienenspiel zu.

– Haben Sie gehört, Monsieur Clément? Ihre Haltung findet allgemeine Zustimmung, möchte man meinen. Verstehen Sie denn nicht, dass Sie früher als wir der Sache müde werden?
Clément schlägt für einen kurzen Moment die Augen nieder, macht dann dem Capitaine ein Zeichen, auf welches hin dieser sich zu ihm niederbeugt. Clément spuckt ihm erneut ins Gesicht.
– Nein, ich werde der Sache nicht müde. Nicht, solange ich einem miesen Faschistenschwein wie Ihnen in die Fresse spucken kann.
Capitaine Degorce hat einen Fehler begangen. Was er für Müdigkeit und Verzweiflung gehalten hatte, war nichts als Hass, ein fruchtbarer Hass, der sich zudem noch an einer einsamen und schlaflosen Nacht genährt hat. Er wischt sich das Gesicht mit einem Taschentuch ab und holt sich ein Glas Wasser. Sein Herz schlägt rasend schnell. Das Wort Faschist ist unerträglich. Er denkt wieder an Tahar, stellt sich dessen kalten Kadaver vor, das furchtbar verzerrte Grinsen der Aufgeknüpften, und Clément ist hier, quicklebendig, ist dabei, ihn von oben herab anzusehen, Clément, der sich Leiden, die nicht die seinen sind, widerrechtlich aneignet und sich ausmalt, dass sein Verrat aus ihm einen Helden macht. Der Geist von Clément ist ein Monolith, eine uneinnehmbare, von den Mauern der Gewissheit geschützte Zitadelle. Er wird nicht sprechen.
(Hurensohn.)
Der Lärm des Glases, das zerschmettert, lässt die Soldaten hochschrecken. Capitaine Degorce hat es wortlos gegen die Wand geschleudert und nähert sich jetzt Clément, den er am Kragen packt, bevor er ihm einen Kopfschlag versetzt. Der Capitaine bindet ihn von seinem Stuhl los und wirft ihn quer über den Tisch, er stößt ihm den Kopf mehrmals gegen das dicke Holz, Clément beginnt zu stöhnen, Blut läuft aus seiner gebrochenen Nase, der Capitaine reißt ihm die Knöpfe seiner Hose ab, die er entlang seiner Beine hinunterstreift. Clément versucht sich zu wehren, er schlägt heftig aus, indem er seine Hüften vom Tisch stemmt, aber der

Capitaine drückt ihm den Ellbogen in den Magen, mit all seinem Gewicht, und Clément muss brechen. Ein Harki presst ihm die Schultern gegen den Tisch, während ihm Capitaine Degorce die Hose ganz auszieht und den Slip zerreißt. Dann legt er seine Hände unter Cléments Knie und klappt dessen Beine hoch zur Brust, in die Position eines Babys, das man wickelt.
– Febvay, Ihr Messer. Halten Sie seine Beine.
Mit einer Hand packt Capitaine Degorce die Genitalien von Clément und schlägt sie hoch auf dessen Bauch. Er legt vorsichtig die eisige Spitze des Dolchs gegen den Anus. Clément stößt einen kurzen, spitzen Schrei aus. Der Capitaine lässt die Klinge einen halben Zentimeter tief eindringen, tief genug, dass eine feine Linie warmen Blutes zwischen seinen weißen Pobacken entlangläuft. Clément brüllt.
– Du hast nichts, hörst du?, sagt der Capitaine mit heiserer und pfeifender Stimme. Du hast nichts, Dreckskerl! Du musst dich nur entspannen, ansonsten tust du dir selbst weh. Kannst du dich entspannen, was meinst du? Entspann dich!
Irgendwo wurden unsichtbare Bollwerke von der rohen Kraft eines wütenden Sturzbaches fortgerissen, ein Sturzbach, der aus bodenlosen Abgründen aufsprudelt, und er stürzt, er ist souverän, nichts kann ihn halten, er schwemmt den Schmerz, die Qualen und die Zweifel fort und Capitaine Degorce gibt sich voller Entzücken der Macht hin, die ihn durchfährt und ihn erlöst, ein Schleier ist auf seine Augen gefallen, er fühlt sein Herz aus Leibeskräften in jeder Faser seines auf der Lauer liegenden Körpers schlagen, am Rande seiner Lippen, in seinem Magen, an den Spitzen seiner Finger, in der Hand, die den zitternden Dolch hält, und er beugt sich über Clément, um den berauschenden und süßen Geruch seiner Angst zu riechen. Der Hass ist verschwunden. Capitaine Degorce hat ihm mit einem einzigen Schlag all den Hass genommen, der ihn beseelte und aufrecht hielt, und jetzt, jetzt spuckt er ihm diesen

zurück ins Gesicht und schaut mit unsäglicher Freude dabei zu, wie er zusammenbricht.

– Entspann dich, wiederholt er im Flüsterton, entspann dich.

Clément versucht, seine Atmung und die ungewollten Kontraktionen seiner Muskeln unter Kontrolle zu bringen. Er schließt stöhnend die Augen. Seine Glieder zittern.

– Da, da, da, sagt Capitaine Degorce, als würde er ein Kind wiegen.

Clément ist regungslos. Tränen laufen über seine Augenlider und er schnieft schnaubend.

– Ich weiß nicht, in welchem Zustand du die Befragung verlassen wirst. Das hängt von dir ab. Ich werde dir einige Fragen stellen. Nicht viele. Wenn du nicht antwortest oder etwas antworten solltest, das mir nicht gefällt, dann drücke ich den Dolch etwas tiefer hinein, verstehst du? Ich mache das in etwa so.

Er lässt die Klinge einen weiteren halben Zentimeter tief eindringen. Clément öffnet geistesschwache Augen und beginnt, schrille Schreie auszustoßen. Sein ganzer Körper zieht sich zusammen und er brüllt noch heftiger. Der Harki drückt auf seine Schultern und Febvay liegt beinahe quer über seine Beine gestreckt.

– Da, da, da ...

Ein zartes Wiegenlied. Febvay hat die Augen halb geschlossen. Die Spitze seiner rosafarbenen Zunge schaut zwischen seinen Zähnen hervor.

– Ich will, dass du einsiehst, dass ich keinen Spaß mehr mache, sagt Capitaine Degorce, als Clément sich erneut gefangen hat. Legen wir los.

Clément liefert die Namen. Zwei Algerier und zwei militante französische Kommunisten, ein Automechaniker und ein Lehrer. Capitaine Degorce zieht den Dolch heraus und führt ihn nah an Cléments Augen.

– Ein Zentimeter, siehst du. Kaum ein Zentimeter. Du bist wirklich nichts wert. Gar nichts. Du hättest mir besser zugehört. Es ist so

einfach, die Dinge wieder an ihren ordnungsgemäßen Platz zu bringen.
Er wendet sich an Moreau.
– Holen Sie mir diese Typen, Moreau, und bringen Sie sie mir zum Reden. Die Franzosen wie die anderen. Mehr noch als die anderen, diese Schweine. Haben Sie verstanden? Ich pfeife auf die Öffentlichkeit. Und vergessen Sie nicht, ihnen ganz klar zu sagen, wer uns ihre Namen geflüstert hat.
Clément schluchzt. Capitaine Degorce betrachtet ihn mit Abscheu. Und er erkennt dieselbe Abscheu in den Augen von Febvay wieder, in denen von Moreau und in denen der Harkis, und ebenso die Bewunderung, der gebrochene Glanz heimlichen Einverständnisses. Auf dem Tisch Blut und Speichel. Clément hat sich auf die Seite gedreht, den Kopf verborgen zwischen seinen gekreuzten Armen. Sein verkümmertes Geschlecht hängt dümmlich über dem Tisch unter der Wolle der Schambehaarung. Seitlich des Bauchnabels hat er einen großen Schönheitsfleck. Die mageren Beine, von rötlichen Haaren überzogen, zittern krampfartig. Seine Füße sind sehr weiß und feingliedrig, die Füße eines jungen Mädchens, aber die Nägel sind zu lang, unregelmäßig, und einer der beiden kleinen Zehen ist dunkel, fast schwarz. Das Hochwasser ist vorüber. Zurück nur bleiben die Ruinen einer zutiefst traurigen Landschaft und inmitten dieser Ruinen der Körper von Clément, dieser mysteriöse und abstoßende Körper des Opfers. Capitaine Degorce ist speiübel.
– Lehren Sie denen Manieren, Moreau, sagt er trotz allem.

*

Er hat das Organigramm vervollständigt, telefonisch mit dem Colonel diskutiert und respektvoll all dessen Lügen zugestimmt. Jeglicher Wunsch nach Widerstand hat ihn verlassen. Er hat sich in seine Niedertracht geschickt und er will nur noch eine einzige Sache: so bald wie möglich mit der Mission, die ihn hier hält, abschließen. Er weiß nicht, was ihn danach erwartet, aber ihm ist alles gleichgültig. Er schreitet durch die Flure vorwärts, kommt von einem Befragungsraum zum nächsten, sein Blick bleibt so gut wie gar nicht an den Gesichtern der Araber, des Automechanikers und des Lehrers hängen, ihr Ausdruck zählt nicht, will nichts besagen. Diese Gesichter sind Masken einer Komödie, die der Schmerz in Stücke bersten lassen wird. Eine lang andauernde Klage wird irgendwo im Gebäude laut:

– *Tahar, ia Tahar!*

Eine andere Stimme antwortet:

– *Tahar, ia Tahar! Allah irahmek!*

Eine weitere Stimme antwortet daraufhin:

– *Allah irham ech-chuhada!*

– Was sagen sie?, fragt der Hauptmann.

– Sie wissen um Hadj Nacer, antwortet ein Harki. Sie sagen, dass Gott seine Seele aufgenommen habe.

– Wieso wissen sie Bescheid?

Moreau hebt mit ohnmächtiger Geste beide Hände zur Seite.

– Bringen Sie sie zum Schweigen, befiehlt Capitaine Degorce. Ich will nichts mehr von ihnen hören.

Er geht, um allein mit sich eine Zigarette zu rauchen. Zunächst ist der Lärm der Türen zu hören, die sich rasch öffnen, dann Schreie und dann nichts mehr. Der Nachmittag nimmt kein Ende. Der Wind treibt einen regenschweren Winterhimmel vor sich her. Die Sonne trocknet die feuchten Bürgersteige. Und es besteht die nämliche Monotonie, die nämliche Leere. Das Wesentliche ist aufgedeckt worden und nichts Neues wird mehr geschehen. Auf allen vieren in seinem Büro sucht er im Papierkorb die zerrissenen Teile des Briefes von Jeanne-Marie zusammen. Er versucht, sie geduldig wieder zusammenzufügen, und als er fertig ist, ist die Sonne untergegangen. Er weiß nicht, ob es nicht nur darum geht, die Zeit ablaufen zu lassen, oder aber ob er noch immer unfähig ist, sich der Einsamkeit zu fügen. Die Worte, die ihn leiden lassen, helfen ihm, sich lebendig zu fühlen.

»Mein Kind, mein Geliebter, André, keine Neuigkeiten heute. Ich habe keine Lust, Dir von den Kindern zu erzählen und den Kleinigkeiten unseres von Dir so entfernten Lebens. Es ist Nacht und Du bist so fern. Würde ich Dich nicht kennen, ich könnte glauben, dass Du uns nicht mehr liebst. Deine Briefe sind so kurz und kalt. Aber ich kenne Dich, ich kenne die Reinheit Deiner Seele, Deine Ehrlichkeit, und ich will es nicht glauben. Und so weiß ich also, dass Du leidest und dass Du nicht darüber sprechen willst.«

(Aber ich habe keine Seele mehr.)

Ein Riss macht den Anfang des folgenden Satzes unentzifferbar.

»... für alles, was Dich quält. Und also werde ich so lange warten, wie es nötig ist und Du Deinen Schmerz endlich mit mir teilen wirst. Ich bin inzwischen schon fast alt, aber es gibt nichts, was ich von Dir nicht hören könnte, das ist der Vorteil, wenn man mit einer alten Frau verheiratet ist! Wenn Du weiterhin ein für Dich viel zu schweres Gewicht alleine tragen möchtest, André, dann tue dies, wenn das wichtig ist für Dich, aber vergiss dabei nicht, dass ich da bin, um meinen Teil mitzutragen, und dass Du wann immer Du willst mit mir sprechen kannst. Die Distanz macht alles nur noch schwieriger, mein Kleiner, aber ich bin mir sicher, dass es Dir leicht fallen wird, zu reden, wenn Du bei mir sein wirst, und ich weiß sogar, dass Du es nötig haben wirst. In der Zwischenzeit sage mir zumindest bitte, dass ich mich nicht irre, ich weiß, dass ich mich nicht irre, aber ich möchte, dass Du es mir schreibst, ohne weitere Erklärung, wenn Du magst, aber dies schreibe mir, denn meine Nächte sind furchtbar. Oh, ich werfe Dir nichts vor, André, ich bitte Dich um einen Gefallen. Und ich, ich werde Dir weiterhin

erzählen, vom Angeln und vom wunderbaren Frühling, den wir hier haben, und ich werde Dir alle Einzelheiten liefern, den Duft des blühenden Buschwaldes, die Spiele der Kinder, ihre Launen kleiner, böser Kreaturen und ihre Gutherzigkeit, unsere Familienspaziergänge, ich werde damit fortfahren, damit Du weißt, dass wir alle da sind, dass es einen Platz in unseren Herzen gibt, an dem Du immer sein wirst und wo nichts sich gewandelt hat, ich werde nichts mehr von Dir erfragen und darauf warten, dass Du bereit bist, zu ...«
– Mon Capitaine, Sie müssen bitte sofort mitkommen.

*

Robert Clément liegt auf der Seite, auf dem Boden seiner Zelle, den unteren Teil seines nackten Leibes bedeckt eine Militärdecke. Seine Arme sind gegen seine Brust gezogen, schwarz vor getrocknetem Blut. Blut befindet sich auch auf den Fliesen um ihn herum, eine riesige Lache, die sich Richtung Wand ausbreitet und unter dem Strohbett verschwindet. Ein Fuß lugt aus der Decke hervor und seine milchige Blässe wirkt wie ein Lichtfleck im Dunkeln. Adjudant-Chef Moreau taucht einen Schwamm in einen Wassereimer und reinigt vorsichtig Cléments Arme, an denen die Spuren tiefer und unregelmäßiger Schnitte sichtbar werden, die die leichenblasse Haut zerschneiden. Capitaine Degorce kniet sich neben Moreau nieder und nimmt ihm den Schwamm aus den Händen. Er drückt ihn aus, um das Blut herauszuwringen und reinigt ihn so lange, bis das Wasser, das aus ihm rinnt, vollkommen klar und rein ist. Er dreht Clément auf den Rücken, hebt behutsam dessen Kopf, der mit dem Blut auf dem Boden verklebt ist. Er führt den Schwamm über das Gesicht, durch das Haar, über die Augen, die sich einfach nicht schließen wollen. Der Pickel ist noch immer da, unterhalb des lächerlichen Schnurrbarts. Seine gespannten Lippen sind beinahe blau.

– Wie hat er das gemacht?, fragt Capitaine Degorce.

– Ich habe keine Ahnung, mon Capitaine, antwortet Moreau. Ich verstehe es einfach nicht.

In der Nähe des Leichnams findet ein Soldat ein im Blut klebendes Stück schwarzes, gebogenes Plastik, gut zehn Zentimeter lang und grob geschärft, das er Capitaine Degorce hinhält. Clément musste es lange an den Wänden seiner Zelle gescheuert haben. In einem gewissen Sinne war seine Entschlusskraft ungebrochen. Sie war einfach nur auf ein völlig anderes Ziel gerichtet.

– Wo hat er das her? Was ist das?

– Ich habe keine Ahnung, mon Capitaine, wiederholt Moreau.

– Sieht wie ein Stück einer Klobrille aus, mon Capitaine, bemerkt ein Soldat. Soll ich prüfen gehen?

Der Capitaine antwortet wortlos mit einem Kopfschütteln.

– Ich habe keine Ahnung, wann wir Scheiße gebaut haben sollen, mon Capitaine, sagt Moreau mit niedergeschlagener Stimme.

– Ich nehme es Ihnen nicht übel, Moreau, sagt der Hauptmann. Wir haben alle Scheiße gebaut, wie Sie es ausdrücken, und ich weiß nicht, ob es wichtig ist, zu wissen wann.

Capitaine Degorce versucht noch einmal, die Augen von Clément zu schließen, vergeblich. Er richtet sich langsam wieder auf. Er schaut auf seine Schuhe voller Blut, die sich mit einem saugartigen Geräusch vom Boden lösen.

– Reinigen Sie mir die Zelle, sagt er. Und waschen Sie diesen Jungen zu Ende.

Er schaut noch einmal Clément an, die milchige Blässe seiner Haut, seine offenen Augen, die nichts mehr sehen.

– Folgen Sie mir, Moreau.

In seinem Büro legt er ein Dossier auf den zerrissenen Brief von Jeanne-Marie.

– Robert Clément ist heute Morgen, nachdem er angehört worden war, freigelassen worden, sagt er zu Moreau und betont dabei sorgfältig jedes einzelne Wort. Heute Nacht nehmen Sie den Leichnam und lassen ihn verschwinden, ich will gar nicht wissen wie, ich möchte nur sichergehen, dass man ihn niemals finden wird. Haben Sie mich verstanden?

– Ja, mon Capitaine, willigt Moreau ein. Aber, fährt er nach einer Weile fort, niemand wird glauben, dass wir ihn freigelassen haben und er sich dann einfach in Luft aufgelöst hat.

Der Capitaine zuckt mit den Schultern.

– Na und, Moreau, was bedeutet es schon, was man glaubt oder nicht? Was bedeutet es schon?

Capitaine Degorce senkt den Kopf und massiert sich mit den Fingerspitzen die Schläfen.

– Und jetzt lassen Sie mich bitte allein.

*

In jedem Menschen lebt das Gedächtnis der Menschheit fort. Und die Unmenge all dessen, was an Wissen zur Verfügung steht, ist inzwischen allen bekannt. Deshalb wird es auch kein Verzeihen geben. Capitaine Degorce ist in sein Zimmer zurückgekehrt, der Bibel wegen. Er streicht über den abgenutzten Einband. Es steht ein fruchtbarer Satz darin, irgendwo im Johannesevangelium, den er dringend lesen muss, und er liest: »Aber Jesus vertraute sich ihnen nicht; denn er kannte sie alle und bedurfte nicht, dass jemand Zeugnis gäbe von einem Menschen; denn er wusste wohl, was im Menschen war.« Er greift nach Briefpapier und betrachtet das weiße Blatt, ohne etwas zu schreiben.

(Mir ist eine Stimme wiedergegeben worden, aber was soll ich mit ihr anfangen? Seit Langem schon bin ich der Lüge Fraß. Ich weiß, was im Menschen ist, ich habe es so viele Male gesehen und es nie ausgesprochen. So habe ich weiterhin leben können. Den Familien aller bei Detonationen an meiner Seite gestorbenen Kameraden habe ich immer nur Lügenfetzen geschrieben. Ich habe von Mut gesprochen, vom Opfer, von Stolz. Ich hätte zu ihnen sagen sollen: Ihr Ehemann ist tot und ich bin schuld, Ihr Bruder ist tot und ich bin schuld, oder auch Ihr Sohn. Ich habe sie nicht retten können. Ich habe es nicht gewollt. Sie sind tot, da sie mit angesehen haben, dass Menschen akzeptierten, wie Insekten zu leben, Menschen wie ich. Sie sind tot, weil sie sich nicht damit haben abfinden können und weil sie sich bei unserem Anblick, bei meinem und meinesgleichen, fragten: Wofür dann noch leben? Da, wo wir waren, Jeanne-Marie, konnte sich niemand diese Frage stellen und weiterleben. Sicherlich, Jeanne-Marie, jemand bleibt im Schutze Deines liebenden Herzens bestehen, dort, wo ihn nichts heimsuchen kann, und im Herzen der Kinder auch, aber dieser jemand bin nicht ich. Ich habe keine Bleibe, nicht einmal in der Hölle. Meine Arme, die sich Euch entgegenstrecken, müssten zu Asche zerfallen. Die Seiten des Heiligen Buches müssten mir die Augen verbrennen. Wenn Ihr sehen könntet, wer ich bin, Ihr würdet die Augen vor den Tatsachen verschließen und Claudie würde sich von mir mit Entsetzen abwenden. So ist es. Etwas taucht plötzlich aus dem Menschen hervor, etwas Fratzenhaftes, das nicht menschlich ist, und doch ist es die Essenz des Menschen, seine tiefe Wahrheit. Der ganze Rest ist nichts als Lüge. Jeanne-Marie, der Frühling ist eine Lüge, der Himmel ist nicht blau, und noch heute habe ich ein Kind umgebracht und ich habe meinen Bruder umgebracht. Die unverdiente Liebe hat ein tödliches Gewicht. Wie soll ich es Dir sagen? Mir ist eine Stimme wiedergegeben worden für die Stille und für die Nacht. Eine Stimme ist mir wiedergegeben worden für die Toten, die sie nicht mehr hören können.)

– Mon Capitaine, Andreanis Männer sind da.
– Sagen Sie Moreau, er soll sich darum kümmern, ihnen die Gefangenen zu übergeben. Ich habe zu tun. Geben Sie ihm die Liste.
Durchs Fenster hindurch betrachtet er die Sichel des hell leuchtenden Mondes inmitten eines von Sternen übersäten Himmels. Er hat das Gefühl, einen alterslosen Ritus zu erfüllen. In Jerusalem ist das Gewitter der Kreuzigung vorüber, auf der Terrasse seines Palastes richtet der Statthalter von Judäa seine von Nostalgie verschleierten Augen auf denselben Mond. Der schwere Stein der Grabstätte hat sich über den Leibern der zu Tode Gemarterten geschlossen und die Stille der Nacht bereitet ihnen keine Furcht mehr.
(Wie viele unterschiedliche Gesichter, Jeanne-Marie, besitzt er denn? Ist es ihm eine Lust, unerkannt zu sein, damit wir in die Irre geleitet wären und uns von ihm abwenden, wo wir der Meinung sind, ihn zu suchen? Ist er bösartig? Ergötzt er sich daran, uns fallen zu sehen? Entlohnt er so unsere Schwäche und unsere Liebe? Sein Leib ist hässlich. Nichts Majestätisches geht von ihm aus. Er strahlt nicht. Seine Verletzungen sind grauenvoll und rufen kein Mitgefühl hervor. Er wirkt wie ein Gesetzesbrecher, dem die Justiz das Rückgrat gebrochen hat. Niemand weint um ihn. Derjenige, der die Tränen bei seinem Anblick nicht zurückhalten kann, ist gerettet, aber es weint ja niemand. Siehst Du, ich weine nicht. Die erbarmungslose Logik stärkt meinen Geist und die Logik nützt mir nichts, sie dreht sich um wie ein Handschuh und all die zahllosen Gründe, die mich seine Martern haben in Kauf nehmen und die Hand gegen ihn erheben lassen, besitzen so viel Konsistenz wie Dunst. Und ich habe die Hand gegen ihn erhoben, Jeanne-Marie, und zwar wiederholt, und ich habe ihn nicht erkannt, Macht und Logik haben meine Hand bewaffnet, ihr Kraft verliehen, aber diese Hand ist zurückgesunken, ohnmächtig und leblos, und nichts kann ich machen, damit sie sich nur nie erhoben hätte. Aber er, Jeanne-Marie, er, der alles kann? Könnte er nicht machen, dass sie sich nie erhoben hätte? Könnte er nicht machen, dass ich meinen Geist zurückgestoßen hätte und nicht ihn? Denn jetzt habe ich es

verstanden und weiß es. Wenn ich ihm noch einmal begegnen dürfte, ich würde ihn erkennen, ganz gleich, welches Gesicht er trüge, und ich wüsste, was zu tun wäre. Denn ich habe auch verstanden, dass das Böse nicht das Gegenteil des Guten ist: Die Grenzen zwischen Gut und Böse sind verschwommen, sie vermengen sich miteinander und werden ununterscheidbar in der trübsinnigen Eintönigkeit, die alles umfasst, und das ist das Böse. Ich habe auch verstanden, dass der Geist der blutleeren Logik nichts vermag ohne Hilfestellung der Seele, er vermag nur im grauen Dunst zu irren, verloren zwischen Gut und Böse, und meine Seele, Jeanne-Marie, ließ ich zurück, irgendwo hinter mir, ich erinnere mich nicht mehr wann noch wo. Was bringt es denn, die Dinge zu wissen, wenn er mich doch nicht in der Zeit zurückkehren lässt. Und was könnte ich anderes tun, als immer nur noch tiefer mich zu entfernen auf dem Weg, der mich von ihm und Euch trennt? Ich wünschte, er würde mich zur Morgendämmerung jenes Tages zurückversetzen, der sich meinem Gedächtnis entzieht und den allein er kennt. Ehrlich gesagt, wenn mir Zorn noch irgendetwas bedeuten könnte, ich wäre so unsagbar zornig auf ihn. Warum hat er mich all die Liebe, die ich in mir trug, vergeuden lassen? Warum hat er mich Eurer unwürdig werden lassen? Aber er gewährt mir ja nicht einmal die Gnade seines Zorns, Jeanne-Marie, ich bin ein wimmerndes Tier, so kaltherzig, dass es den Schmerz, der es wimmern läßt, nicht einmal mehr spürt, und selbst wenn ich weiß, dass ich das Recht, zu ihm zu beten, seit Langem verwirkt habe, so bete ich doch zu ihm. Ich möchte ja nur, dass er mir erlauben möge, zurückzukehren, und sei es nur für einen Augenblick, dorthin, wo ich meine Seele ließ.)

Aber alles schwindet so schnell – Tahars Gesicht, wie er lächelte in Taghit oder Timimoun, während sanfter Wind die Locken seines schwarzen Haars durchfährt, oder auch der Widerhall von Claudies Lachen am Strand von Piana. Capitaine André Degorce kehrt zurück an seinen Schreibtisch und setzt sich hin. Er schreibt einen einzigen langen Satz, ein unleserliches Gekritzel, in das er all seine Liebe fließen lässt.

Oh nein, mon Capitaine, ich werde Sie nicht vergessen, und auch Sie, ich weiß es, werden mich nicht vergessen können, denn irgendwo habe ich gelesen, ich erinnere mich sehr genau, dass man das Schicksal derer, die uns geliebt haben, immer mit ihnen teilen muss, und die Liebe, die ich Ihnen entgegengebracht habe, ist vielleicht reiner und treuer als jene, mit der Ihre Eltern Sie umgeben haben, Ihre Frau und Ihre Kinder und all jene, die geglaubt haben, Sie zu lieben. Ihre Verachtung wiegt nicht mehr als die meine, mon Capitaine, sie ist ohne jede Macht gegenüber der Kraft dieser Liebe, die ich nie aus meinem Herzen herausreißen konnte, an das sie sich klammerte wie ein vor Lebenskraft nur so strotzendes Unkraut, und inzwischen weiß ich, dass nichts sie je tilgen wird. Sie können sich gar nicht vorstellen, wie viel einfacher es für mich wäre, schlichtweg Ihr Feind zu sein, als die Tyrannei dieser Liebe ertragen zu müssen, die mich an Sie bindet. Ich verstehe, dass Sie nichts mit ihr zu tun haben wollen, dass sie Ihnen Grauen bereitet, aber erinnern Sie sich, mon Capitaine, auch ich hatte keine Wahl, und falls Sie noch fähig sind zur Ehrlichkeit, dann müssen Sie wohl oder übel zugeben, dass außer mir niemand den Menschen geliebt hat, der Sie in Wirklichkeit sind, denn in Wahrheit hat Sie niemand außer mir wirklich gekannt. Sie wissen es nur zu gut, weder Ihre Frau noch der Junge, den Sie aufgezogen, noch das Mädchen, das Sie so unbesonnen gezeugt haben, kennen Sie wirklich, und ich bin mir sicher, dass Sie sich häufig gefragt haben werden, was denn von deren Liebe bleiben würde, sollten sie, und sei es nur für eine Sekunde, den Menschen erblicken, der Sie in Wirklichkeit sind, und dass Sie sich anstrengen mussten, ihnen diesen Menschen all die Jahre über zu verhehlen, stets der Angst ausgesetzt, dass man ihn schließlich doch entdecken könnte, ich würde darauf schwören, mon Capitaine, dass Sie lieber mit der Angst gelebt haben und dem Stillschweigen, als sich der Zerbrechlichkeit ihrer Liebe auszusetzen. Ich aber kenne Sie, mon Capitaine, ich kenne Ihre maßlose Feigheit, ich kenne den Geschmack des Grolls, der Ihnen den Mund verbrannt hat, und Ihre Irrwege, Ihre Lügen, ich kenne die Grenzenlosigkeit Ihrer Schwäche, Ihren unlöschbaren Durst nach Bestrafung, ich kenne Ihre Schuldgefühle, denn ich bin Ihr Bruder, erinnern Sie sich, wir sind von derselben Schlacht gezeugt worden, unterm Monsunregen, und nie habe ich aufgehört, Sie wie einen Bruder zu lieben. Oh, ich kenne Ihre geheimen Träume, mon Capitaine, ich kenne sie so gut, dass ich in gewissen Nächten das Gefühl habe, Sie träumten in mir, es sei denn, dass ich es bin, der mich im Traum an Ihre Seite geschlichen hat, in welchem wir weit weggebracht wurden von der unfruchtbaren Erde meiner Kindheit, diese Erde, die nicht mehr die meine ist und die Ihre nie war, und wir gehen beide auf einer langen Wüstenstraße, zwischen Taghit und Bechar, im Schein einer Mondsichel, die wie eine Straßenleuchte gelb im sternlosen Himmel hängt, wir gehen inmitten von im Sand halb vergrabenen Gegenständen, die den Boden um uns herum so weit das Auge reicht bedecken, Pumps mit zerbrochenen Absätzen, zerrissene Kleider, an deren Stoffen der Wüstenwind die Farben ausgeblichen und die Stickereien aus Goldfäden herausgerissen hat, eine kaputte Darbuka, ein Oud ohne Saiten, geschwärzte Schmucktrauben, Kajal- und Hennaschatullen, Damenwäsche aus Satin und einzelne Geschirrteile, Glücksbringer für Armbänder, eine komplette Aussteuer, die ganz allmählich zu versteinern begann in der Stille meiner Erinnerung, seit jene, die sie zusammengestellt hatte, zu Staub zerfallen war, eine Ewigkeit ist dies her, mon Capitaine, und der Wind, der noch immer so stark weht, lässt die blutleeren Überreste nicht einmal mehr erzittern. Dort blicken Sie sich um, aber niemand, den Sie suchen, ist anwesend, kein kleines Mädchen spielt im Sand, kein kleiner Junge, Ihre Frau wartet nirgendwo auf Sie, und der Mann, den Sie Ihr Leben lang hofften, wiederzusehen, er wird Ihnen nicht entgegenkommen, Sie versuchen, seinen Namen in die Nacht zu brüllen, aber Sie haben keine Stimme und niemand kann Sie hören. Nur ich bin da, mon Capitaine, und ganz in unserer Nähe ein junges Dromedar, das unablässig nach seiner Mutter ruft und dabei seinen Hals unter dem Mond ausstreckt, uns jedoch nicht sehen kann, da eine gütige Hand es geblendet hat, es sollen doch unsere in der Finsternis funkelnden Wolfsaugen zu keiner Zeit mehr jemanden in Angst versetzen können. Sie versuchen mir zu entkommen, mon Capitaine, die unvergängliche Macht meiner Liebe jedoch kettet mich an Sie und es will Ihnen nicht gelingen, Ihre vergeblichen Wegesrunden haben Sie nie an irgendein Ziel geführt, mon Capitaine, und Sie können noch so sehr bis zur Atemlosigkeit wegrennen, ich bin doch stets da, und jedes in Fetzen gerissene Kleid, das Dromedar und die Darbuka, jeder Grashalm, jedes kleine Stück Koralle und Silber ist wie eines der unendlichen Zentren des unfassbaren Kreises, auf deren Linien Sie verbissen ins Vergebliche rennen, mon Capitaine, denn solange Sie auch rennen mögen, Sie werden doch nie in Taghit ankommen, Sie werden niemals erfahren, ob jemand Sie in der erfrischenden Kühle des Palmengartens erwartet, am Fuße der Erdmauern, um Ihnen endlich unter strahlender Sonne die Worte zu sagen, die ich ihm eines Nachts im Frühling, eine Ewigkeit ist es her, in der Dunkelheit eines Kellers auszusprechen verboten habe, und in dem Augenblick, wo Sie das begriffen haben, sinken Sie nieder auf Ihre Knie, in den Staub der langen Wüstenstraße, und heben flehende Augen hinauf Richtung Mond. In diesem Traum, der auch der Ihre ist, mon Capitaine, ist dies die Stunde, in der ich mich Ihnen nähere, um Sie wie einen Bruder an mein Herz zu drücken. Sie stoßen mich nicht mehr zurück, Sie lassen sich gehen, an mich gelehnt, durchschüttelt von stillen Schluchzern, und ich bin unendlich glücklich, mon Capitaine, denn ich habe verstanden, dass unser Traum uns niemals befreien wird. Wir werden einander nie verlassen. Und dies ist der Moment, da ich mich sanft zu Ihnen niederbeuge, um Ihnen ins Ohr zu flüstern, dass wir in der Hölle angekommen sind, mon Capitaine – und dass Sie erhört wurden.

Weitere Bücher aus unserem Verlagsprogramm:

Emmanuelle Bayamack-Tam | Die Prinzessin von.
(La Princesse de.)
Roman

Aus dem Französischen von Christian Ruzicska,
unter Mitarbeit von Flamm Vidal

Gebunden ohne Schutzumschlag

224 Seiten
€ (D) 22.95 | CHF 34.90 | € (A) 23.60
ISBN 978-3-905951-07-3

Lars Gustafsson | Gegen Null
(Mot Noll)
Eine mathematische Phantasie

Aus dem Schwedischen von Barbara M. Karlson

Gebunden ohne Schutzumschlag

96 Seiten, mit Abbildungen
€ (D) 18.60 | CHF 28.50 | € (A) 19.20
ISBN 978-3-905951-04-2

Marian Pankowski | Der letzte Engeltag
(Ostatni zlot aniołów)
Ein Silvenmanuskript

Aus dem Polnischen von Sven Sellmer

Gebunden ohne Schutzumschlag

88 Seiten
€ (D) 17.30 | CHF 26.50 | € (A) 17.90
ISBN 978-3-905951-05-9

Christian Uetz | Nur Du, und nur Ich
Roman in sieben Schritten

Gebunden ohne Schutzumschlag

104 Seiten
€ (D) 17.95 | CHF 27.50 | € (A) 18.50
ISBN 978-3-905951-06-6

Hélène Bessette | Ida oder das Delirium
(Ida ou le délire)
Roman

Aus dem Französischen von Christian Ruzicska

Gebunden ohne Schutzumschlag

128 Seiten
€ (D) 21.95 | CHF 33.90 | € (A) 22.60
ISBN 978-3-905951-02-8

Ludwig Lewisohn | Der Fall Crump
(The Case of Mr. Crump)
Roman

Neu übersetzt aus dem amerikanischen Englisch von Christian Ruzicska
Mit einem Nachwort von Thomas Mann

Gebunden ohne Schutzumschlag

400 Seiten
€ (D) 24.95 | CHF 37.90 | € (A) 25.70
ISBN 978-3-905951-03-5

Magda Szabó | Die Elemente
(Pilátus)
Roman

Neu übersetzt aus dem Ungarischen von Heinrich Eisterer

Gebunden ohne Schutzumschlag

296 Seiten
€ (D) 24.95 | CHF 37.90 | € (A) 25.70
ISBN 978-3-905951-01-1

Steven Uhly | Mein Leben in Aspik
Roman

Gebunden ohne Schutzumschlag

272 Seiten
€ (D) 22.95 | CHF 34.90 | € (A) 23.60
ISBN 978-3-905951-00-4

Titel der Originalausgabe: „Où j'ai laissé mon âme“

Erste Auflage

Korrektorat: Patrick Schär
www.secession-verlag.com

Gestaltung, Typographie, Satz und Litho:
KOCHAN & PARTNER, München
Titelfoto: Corbis GmbH, Düsseldorf
Druck und buchbinderische Verarbeitung: Kösel GmbH, Altusried
Papier Innenteil: Fly 05, 100 g/qm
Papier Überzug: Surbalin seda diamantweiß, 115 g/qm
Papier Vor- und Nachsatz:
Papier Union, Popset Zitronengelb, 120 g/qm
Gesetzt aus 9/13 Cordale regular/italic

Printed in Germany
ISBN 978-3-905951-10-3

secession